是谁在呼唤我的名字

王剑波 著

宁波出版社

图书在版编目（CIP）数据

是谁在呼唤我的名字 / 王剑波著 . -- 宁波：宁波出版社，2023.6（2023.9重印）

ISBN 978-7-5526-4944-4

Ⅰ . ①是… Ⅱ . ①王… Ⅲ . ①散文集—中国—当代 Ⅳ . ① I267

中国国家版本馆 CIP 数据核字（2023）第 055653 号

是谁在呼唤我的名字
SHISHEI ZAI HUHUAN WODE MINGZI

王剑波　著

出版发行	宁波出版社
地址邮编	宁波市甬江大道 1 号宁波书城 8 号楼 6 楼 315040
责任编辑	苗梁婕
责任校对	徐巧静
装帧设计	金字斋
印　　刷	宁波白云印刷有限公司
开　　本	889 毫米 ×1194 毫米　1/32
印　　张	9
字　　数	160 千
版　　次	2023 年 6 月第 1 版
印　　次	2023 年 9 月第 2 次印刷
标准书号	ISBN 978-7-5526-4944-4
定　　价	58.00 元

如发现缺页或倒装，影响阅读，请与印刷厂联系调换，联系电话：0574-87327496

目录

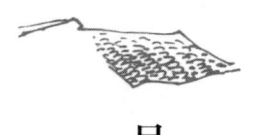

第一辑 **乡音乡情**

清溪水静静流 … 003

难忘风中那盏灯 … 011

老宅里的守望 … 018

血脉里的眷恋 … 028

面对低垂的稻穗 … 035

记忆中的那缕炊烟 … 042

山腰上的汽车站 … 049

山坳里的村庄 … 056

三上南山岗 … 065

一个叫大郑的村子 … 072

是谁在呼唤我的名字 … 077

第二辑 风的痕迹

乡村学校 … 087

那个夏日，那片田野 … 094

公社年代的拖拉机 … 097

车岙港畔的友谊 … 103

月光遍地的夜晚 … 109

在夜色中歌唱 … 119

走！到桑洲岭攀车去 … 129

在那高高的冠峰山上 … 136

我的青春跋涉在王爱山岗 … 146

炮声相伴的日子 … 153

秋天的回访 … 160

中文系情结 … 179

记得当年高考时 … 188

第三辑 大地行吟

到老里克湖去看雪 … 197

桃花灿烂 … 204

草原印象 … 209

行走杨家岭 … 214

凉山二题 … 220

向着春天的叙事 … 227

山中星光 … 234

寻迹珞珈山 … 239

在那遥远的地方 … 246

白马湖畔春晖暖 … 254

好大一棵树 … 259

穿行藏兵洞 … 265

倾听流水的声音 … 271

后记 … 276

第一辑

乡音乡情

多少事物在时光中消逝,故园故人却在我的记忆中长存。

这片山川是我生命植根的厚土,这条溪流是我血脉流淌的滥觞。耳畔总觉得有乡音在呼唤,乡情便成了我的书写难以割舍的主题。

清溪水静静流

清溪，我家乡的溪。

最初的时候，水滴从天台山的树丛石缝间渗出，汩汩细流在苍山北麓形成大柳溪和泳溪，两溪汇合成了清溪。清溪进入宁海桑洲境内，自西向东蜿蜒而去，在旗门港注入三门湾，最后汇进东海千顷碧波。

溪水一路流淌，用她的清流浇灌着稻麦、南瓜和番薯，孕育出香鱼、石蛙和毛蟹，也滋养了健壮的男人和娇美的女人。两岸村庄，在桑树、柳树和樟树的掩映之下，白墙黛瓦的屋舍间，炊烟缭绕，鸡鸣犬吠。

在交通阻隔的年代，清溪上排运兴盛，木材、毛竹顺流而下，销往上海、宁波，日用品和海产品逆水而上，供应西南山区。排运行业的发达,使桑洲成为周边几个县的商品集散中心,农历逢五逢十,古老的街市人声鼎沸。

人们习惯把家乡的河流称为"母亲河",在桑洲,我们同样将清溪看成是养育两岸百姓的母亲!

清溪在山里犹如少女一般奔跑,遇到断裂的峡谷便会纵身跳下,遇到阻拦的岩石便会高声喧哗。过了"辽车"这个地方,溪流在山脚下拐了一个弯,变得平静舒缓,宛如一位成熟的少妇,庄重而内敛。

在这段溪流的岸边,有着"坑口"和"后沙"两个村庄;在这两个村庄里面,住着我的两位母亲——两个奶娘。

我出生在二十世纪五十年代后期,母亲是教师,辗转在乡村任教,无暇养育我这初生的婴儿,于是便把我寄养到后沙奶娘家。

当初的一切,我无从回忆。但可以想象,在那个暮春的早晨,奶奶抱着襁褓里的我,穿过长长的桑洲老街,沿着山脚鹅卵石的小路往前走去。就在这时,我们和清溪相遇。清溪上布着"石步",水流遇到石步的阻挡,在太阳下闪着炫目的白光,发出哗哗的响声。我不知道奶奶跨越石步的时候,会不会感到眩晕,但她的脚步肯定不会犹豫,因为她将养育孙子的希望寄托在溪流那边的村子,只会坚定地往前走去。

从我记事起,每次去后沙奶娘家都是从后门进入。穿过长着苔藓的甬道,一边是房屋的后墙,一边是用大块鹅卵石堆砌而成的矮墙,矮墙的那边是菜园,种着时令蔬菜以及桃树、梅树和梨树。后门旁边栽着竹子,四季竹的枝叶挡住了门口的光线,房子里面就显得幽暗。而从前门看去,则是一个并不完整的四合院,道地显得宽敞明亮。站在门前廊下,可以看见近在咫尺的青山,而清溪就从山下流过。

我在后沙奶娘家寄养时间并不太长。在我之前,奶娘已经有一个女儿一个儿子,并且都长我不少,等到哺育我的时候,奶娘的年纪大了,仅有的乳汁已经不能满足我生长的需要。于是,我来到了坑口奶娘家。

坑口离后沙并不远,中间也就隔着一片稻田,沿着蒲公英和车前子匍匐的田间小路,眨眼间就到了。

与后沙相比,坑口称得上是大村。从桑洲方向过来,村口是学校,旁边有祠堂,村子里的墙弄纵横交错,马头墙比肩而立,显示出一个村落历史的悠久。从祠堂旁的小店右拐,顺着村道往前,走过一条窄窄的墙弄便到了奶娘家。这是一个紧贴大道地的小院子,房子呈直角尺形状,奶娘家便在尺子的直角处。厨房的后门有一条沟渠,引进来的清溪水在无声流淌,人们可以在沟渠里洗菜涤衣,夏天也可以直接站到渠里洗澡沐浴。

在坑口、后沙这片清溪环绕的土地上，在两座浙东随处可见的普通农舍里，我度过了生命最初的时光。在这里，冬天的阳光轻抚着堂前廊下的摇篮，给我以温暖；夏日的穿堂风吹过道地，送我以清凉。在那些饥馑的日子，我的两个奶娘吃的是番薯、南瓜，甚至吞糠咽菜、食不果腹，却用甘甜的乳汁喂养了我；她们都是识字不多的农妇，并不懂所谓的育儿知识，凭的是一颗纯真的心，抚育着我。我学会了爬坐，学会了站立，迈出了人生的第一步；学会了发声，学会了说话，留下了至今难以改变的乡音。

少年时代，我曾经多次回到两个奶娘身边。每年正月初二一早，我都会穿着过年的新衣服，提着粗纸包裹的年礼，兴冲冲地跨过清溪去给奶娘拜岁。回到她们的身边，就是回到母亲的怀抱。

这个时候，两个奶娘都一样，总是嘘寒问暖，把米胖糖、炒瓜子、番薯糕一股脑儿地往我手里塞，问我中午喜欢吃粽子还是麻糍，或者是炒糯米圆还是炒米面。在那个物资匮乏的年代，农家为过年准备的鸡、肉、鱼、鸭等"硬菜"，只用于待客，一碗好一些的"硬菜"，往往反复蒸煮反复上桌，一直到正月十四才作罢。而对我，两个奶娘总是另眼相待，每餐都要在我的碗里放一只鸡腿或者一

个肉圆，一旦推辞，就会不高兴。

　　第二天，当我衣袋里装着她们给的压岁钱，手里提着她们为我准备的食物回家的时候，或者是坑口奶娘或者是后沙奶娘，总是牵着我的手，一直送到清溪边，一路行走，一路叮咛，要我路上小心，直至我已过了清溪，奶娘仍站在溪的那边向我招手。早春的风从溪上吹来，吹乱了她的头发；我背过身向回家的方向走去，但总觉得奶娘的目光始终在注视着我。

　　放了暑假，我有时也会去奶娘家。在坑口和后沙，我有两个姐姐、四个兄弟，我就跟着他们去放牛，牵着或骑着水牛走过田埂或者放牧山坡；跟着去拔草收割，听他们教我辨识草木五谷；跟着去捉鱼捕虾、游水嬉戏，让清亮的溪水拥抱我整个身躯。在那段时间，我肆意地享受着亲情，尽情地投入大自然之中，体会到了无忧无虑的快乐。

　　随着年龄的增大，我先是去隔山隔水的海滨农场插队，接着又到远离家乡的城市读书并在那里安家，虽然心里还想着奶娘，但和以前相比，回到她们身边的次数是越来越少了。

　　儿子出生的时候，坑口奶娘去我生活的城市探望。一进家门，她就抱起我的儿子，那慈爱的眼神，那种小心翼翼唯恐惊吓到婴儿的神态，深深地感动了我和妻子。

第一辑 乡音乡情

1985年春节,我带着妻儿回到坑口、后沙。那时农村已经实行联产承包,生活有了很大改善,坑口奶娘家住上了新房,人人都面带喜色。后沙奶娘已经明显见老,看到我们一家到来,她忙着点火做饭。在这个空当,我带妻儿去了村边的溪滩。溪水还一如既往地流着,溪边的山峦还如往昔一般青翠,看着脚步蹒跚、快乐戏水的儿子,仿佛岁月倒流,我看到了自己当年在溪边的模样。

想不到的是,这是我最后一次见后沙奶娘,最后一次吃她亲手做的饭菜。1988年夏天,清溪流域山洪暴发,坑口、后沙更是首当其冲,受灾严重。我得到消息,曾写信给两个奶娘询问情况,但终于还是没有回去看望,留下了遗憾。

最后一次看望坑口奶娘是在2006年,那时她已经病重在床。看到我和妻的到来,她微笑着和我们聊天,问家里的一些情况,但可以看出,她的身体已经非常虚弱,想要表达却力不从心,已经不再是以前那个精干生辣的奶娘。

离开坑口返程的路上,我的内心充满惆怅,回忆起与两个奶娘在一起的日子,点点滴滴,历历在目。经过五福桥的时候,我停车走上桥头。这是一座古桥,据说因为曾在明朝万历年间由县令曹学程改建,所以当地人也称此桥为"官桥"。我在桥上驻足停留,这座历经沧桑的古桥,几经修复，仍承载着南来北往的车辆和行人；我手抚栏杆往下看去，桥下的清溪已经流淌了千百年，至今仍在不知疲倦地流向远方，如果不仔细倾听，就很容易忽略流水发出的声音。这古桥，这清溪，就像一个宠辱不惊的老人，不管你是否关注，她总是默默地存在，默默地承担着自己的责任。我的思绪还沉浸在与奶娘一起生活的情景里，一时间，竟分不清出现在眼前的，是古桥，是清溪，还是两位奶娘的身影。

难忘风中那盏灯

天色远未黑尽，外公就已经忙碌起来。先是把散落在道地里的十几根甘蔗缚成一捆，余下的几根用砂镖刀（镰刀）割成尺许长的甘蔗段，然后搬出一个米笭，将砂镖刀和甘蔗段装到里边，并用一只长方形的木盘盖住米笭。

做完这些，外公转身到屋里拎出一盏风灯。这盏灯高约三十厘米，立方体，四面玻璃，其中一面的玻璃可以抽动，里面放着一只装有洋油（煤油）的墨水瓶，一缕棉线做成的灯芯穿过瓶盖，用火柴点着后便闪烁着豆大的光亮。桑洲一带习惯称这种灯为手挈灯，简单、实用，常常用于走夜路时照明。

"走了！"随着一声吆喝，外公用扁担挑起甘蔗和米笭走出道地，挂在扁担一头的风灯，随着外公的脚步一摇一晃。我扛着一条凳子跟在后面，朝着后门垟走去。

后门垟是清溪边上的一块空地，约两个篮球场大小，是小镇住民的晾晒之地。夏天竹簟上铺满刚刚脱粒的稻谷，金子般的颜色在阳光下呈现出丰收的景象；到了秋冬季节，新刨的番薯干、萝卜丝摊在竹奁上，风中透着带有甜味的清香。"市日"的时候，这里也是木材毛竹、柴爿白炭的交易场所，人们讨价还价，熙熙攘攘。

平日里的夜晚，后门垟空旷寂寥，但每到放电影的时候却嘈杂得很，两根竹竿撑起一块白布，就成了露天电影院。每次放电影，小镇的人们往往在下午三四点钟，就陆续用木凳竹椅抢占有利位置，有的来不及带上椅凳，就到溪边搬一块鹅卵石占位。在二十世纪六七十年代的小镇少年中间，"夜里到后门垟去"成了看电影的代名词。

这是一个秋天的夜晚，我随着外公向后门垟走去。是1970年还是1971年，已记不清。那时我应该是十三四岁，外公也就六十多岁吧。货担在他的肩上沉甸甸地两头下垂，但他的脚步稳健有力，只是因为风灯在摇动，他的身影便在地上晃动，我的思绪也随着跳跃不定、四处飘散——

桑洲是一个群山合围的小镇，一条清溪贴着镇子流过，远离城市，也缺少资源。但因为是宁海、天台、三门的交界之地，加上清溪水运的便利，在久远的年代，这里街市兴旺、商业繁盛，一条不足千米的老街，聚集了几十家店铺商号。早年，外公也是生意上的一把好手，他将自己的门店起名为"杨万利"，经营一些蜡烛香火之类的杂货，在商贾林立的桑洲街上，虽然算不上突出，但也小有名气。

外公还是一个兴趣广泛的人。他喜欢唱越剧，年轻时曾经参加街上的业余戏剧演出，在其中扮演皇帝，后来"皇帝"就成了他的绰号，可见他扮演的角色或者说他的演技给大家留下了多么深刻的印象。但我从来没有听他唱过戏，倒是知道他肚子里有很多故事。儿时的记忆里，冬日雪夜，寒气逼人，小镇一片寂静，我们几个表兄弟经常挤在一张床上睡觉，在温暖的被窝里听外公讲故事。到了夏天的傍晚，打扫干净的街沿洒上水，或摆上竹眠椅，或卸下"排门"当床板，街上满是纳凉的人。家家门前都点起了驱蚊的青蒿，外公就在呛人的青烟中，给大家讲"薛仁贵征东""穆桂英挂帅"，有时也讲一些鬼怪传奇，听得我们这些小孩既兴奋又害怕。外公还是象棋高手，在我记事以后，经常看到店堂柜台上摆着棋盘，他和找上门来的棋友对弈，围观的人对着棋局指指点点、七嘴八舌，外公始终不言不语、稳如泰山，颇有大师风范。

那时候，所有私人商家都已不复存在，外公当然也已经不再开店。但桑洲地少人多,光靠生产队的收入远远不够过日子,街上还是有人在偷偷地做一些小生意。虽然整天喊着"割资本主义尾巴",贩运售卖更是被视为"投机倒把",属于被打击的行为,但百姓的日常生活除了供销社计划供应的那点物资之外,还需要集市贸易来补充。桑洲街的"市日"还算兴旺,但交易的都是农家自产自销的白菜萝卜、柴草瓜果,于是外公在利用居家店堂销售草鞋、水果、番薯糖的同时,还远赴三门海游贩回水产干货出售。农历逢五逢十在"桑洲市"摆摊;逢三逢八的日子,就挑着货担翻过桑洲岭去赶"岔路市"。

外公的贩运经历惊险不断。一次从海游回桑洲,在夜色中翻越麻岙岭,下坡的时候载着货物的手拉车在重力的作用下速度越来越快,外公体力不支、抵挡不住,结果跌倒在地,幸亏路边的沙堆阻挡,人和车子才没有冲下山坡。更幸运的是,一辆汽车从后面超越,开了一段路之后,发现外公和他的手拉车一直没有下来,司机竟然停车回头寻找,发现了倒在路边的外公,于是用汽车将被砂石严重挫伤的他送到医院。从这之后,外公不再长途贩运,只在周边集市摆摊;如果去岔路街赶市,有时也会叫我们几个孙辈轮流帮他将货担送到桑洲岭顶。

——摩电机发出的隆隆响声打断了我的思绪。我和外公还未走到后门坪,远远地就看到场地上人影绰绰,放映机的灯光已经亮起,幕布上正在播放配合形势的幻灯片。外公找了一个靠边的位置,放下货担,将缚甘蔗的绳子往上一撸,抓住甘蔗的下端朝两边扳开,一捆甘蔗就稳稳地立在地上。然后取出米箩里的甘蔗段,整齐地排列在木盘上,再把风灯放在木盘的一角,一个货摊就摆好了。我将凳子放下后,连忙远远地退到旁边,并左右张望,怕被同学看见帮外公做生意而遭嗤笑。外公看到我的样子,就笑着说:"你去看电影吧。"

人们从镇子的四面八方和周边的村庄会聚到后门坪,场地上的人越来越多,连幕布后面都站着人。每场电影必有的《新闻简报》已经开始,马上就要放故事片了,我连忙挤进人群。那晚的故事片是什么,已记不清了,反正是老片子,不是《地道战》就是《地雷战》,或者是《小兵张嘎》《南征北战》,影片里的人物对话还没出口,观众里早就有人说出来了。

我从人群的缝隙往外张望,看到外公的甘蔗摊十分冷清,那盏风灯孤独地亮着,外公则抱着肩膀伫立在深秋的冷风中。因为是老电影,一些半大小子提不起兴趣,就开始在人群中挤撞推搡、打打闹闹。这种打闹就像石子扔进水里,激起了一圈圈荡漾的水波,站着看电影的人群也像水波一样开始晃荡,荡到场子中央摆着凳子的地方碰到阻拦就往回摇晃,并且幅度越来越大,范围越来越广。一些胆小的大姑娘开始发出叫声和骂声,抱在手里或骑在大人肩头的小孩,吓得尖声哭叫。个子矮小的我挤在人群中,就像一滴水在汪洋中随波逐流。渐渐地,我被挤压得透不过气来,开始意识到危险,就拼尽力气挣扎着往外挤去。等我好不容易挤出人群,一只布鞋已不知掉在什么地方。

我正在低头找鞋的时候,听到了外公焦急的声音,他在一声声地呼唤着我的名字。我连忙转过身,看到了外公举着风灯踮脚张望的身影,一下子就感到了安全,想到刚才被挤压在人群中的无助,不知不觉就湿了眼眶……

许多年以后,我从居住的城市回到小镇。清溪两岸已是一路新房,想去寻找后门坪的位置,竟然不知准确所在。我问外公:"现在还有露天电影吗?"他说镇里有了电影院,哪里还会放露天电影。那盏风灯也被闲置一旁,因为小镇早就通电,夜里出门已经有路灯照明。外公还是闲不下来,直到八十六岁仍然坚持摆摊,甚至早上四五点钟就起身,搭乘"小三卡"翻山越岭去岔路街赶市,哪怕在街角坐上半天没有一笔交易,仍舍不得放弃他的生意。

外公在八十九岁那年离我们远去。他的人生就像一盏风灯,在时代的风和生活的雨中,竭其所能发出光亮,直至心血耗尽,油枯灯熄。

现在,老宅已成废墟,留着外公生活痕迹的桌椅板凳和店堂里的柜台"排门",早已不知所终,往事也被岁月的断砖碎瓦所尘封。但只要站在家乡的土地上,我总觉得外公仍然在身旁。依稀间又回到了那个秋天的晚上,他在前面挑着货担,我扛着凳子跟在后边,一盏风灯闪烁着微弱却又温暖的光……

老宅里的守望

狗在叫。不止一只狗在叫,而是一群狗在叫,从远而近,由近及远……此起彼伏的犬吠就像一团团深不可测的迷雾,使冬日凌晨的小镇,弥漫着令人不安的气氛。

我家住在老街中段的"三层楼",黯淡的灯光下,床上的大外婆已经只有出气没有进气。听着外面无休无止的狗叫,陪在床边的姨妈说,这是阎罗大王派小鬼来催命了。

望着弥留之际的老人,十五岁的我第一次近距离目睹亲人的死亡,心里充满了恐惧和悲伤,无法相信发生在眼前的事实。就在二十多天前,大外婆对我说:"菩萨托梦了,十二月初四我就要去了。"在小镇人的口里,"去了"就是死了的意思。我将这话告诉隔壁外婆,被奚落了一番:

你听她说呢,她会算命啊?

而今天正好是十二月初四。从三天前开始,大外婆就不能进食,但又说不出哪里不舒服,只是不声不响地躺在床上。我跑到公社卫生院叫来医生,头发花白的医生伸出两个手指,搭着大外婆的手腕叹了一口气:不是病了,是老了。

1972年农历十二月初四,就在天快亮的时候,八十二岁的大外婆在一阵紧似一阵的犬吠声中,去了……

一

大外婆并不是我的亲外婆。

我的外公有三个兄弟,大外婆是老大的妻子,也就是小镇人所称呼的"内客",于是我们这些杨家的外孙辈就喊她"大外婆"。

大外婆的娘家在一个叫上叶的地方,那里是清溪的上游,村庄隐伏在连绵的青山之中。从大外婆的终年倒推,她应该是出生在1890年前后。在她出嫁的年代,能够嫁到这个叫桑洲的小镇,成为经营着"杨万利"商号的杨家媳妇,应该是非常荣耀的吧。可以想象,当迎亲的队伍走进闾门,炮仗、喇叭响成一片,嫁妆摆满道地,花轿即将启程的时候,她的心里虽然有告别娘家亲人的不舍,但更多的应该是对马上就要开始"街上"生活的欣喜。

但她的命运却遭受了意想不到的转折。结婚炮仗留下的纸屑还没扫净,门楣上的"囍"字更是远未褪色,我的大外公、她的"老倌"就离开家乡去了部队。大外公究竟是结婚前已经是军人,还是因为对这门婚事不满意而去当兵,我不得而知。我只是从长辈的只言片语中听说,他是一名军医,结婚离开后再也没回过他生命之树萌芽长大的小镇,而在大西北的宝鸡落地生根。

没人和我说起过大外公离家时的情景,也没听到乡人对他行为的毁誉褒贬,因为在我出生的时候,这个世界早已发生了天翻地覆的变化。与杨氏家族命运相关的事件一桩接着一桩,就像地层的堆叠,那场婚礼之后的变故,被沉积到家族历史的深处,成了模糊不清的传说。

从我记事起,大外婆就是一个身形枯干、沉默寡言的老人形象:长年穿着黑色的大襟布衫,灰白的头发一丝不乱,在脑后形成一个髻,用一根银簪子固定住;冬天的时候则戴着一顶黑平绒的帽子,倚靠着一只稻草编织的垫子,坐在向阳的道地里取暖。她的眼睛看不清人也辨不出物,是小镇人口中的"花眼",于是也有人叫她"花眼婆";她吃素信佛,经常低眉顺眼、神态安详地数着佛珠,口中念念有词，因缺牙而瘪进的嘴唇嚅动着，老是让人以为她在咀嚼着什么。

但我知道，这肯定不是她的本来样貌。她一定也有过丰润的身姿和明亮的眼睛，也曾在娘家的溪边轻移莲步、顾盼生辉。当她缀金戴银穿上嫁衣的时候，当她坐着花轿沿着清溪走向小镇的时候，一定对即将到来的洞房花烛夜充满期待，对寻常女人生儿育女、承欢绕膝的一生展开想象。我不知道在红盖头揭开之前，她是否已经见过将要成为她"老倌"的男人，但在一个乡村女子的观念里，不管这个男人怎样，"内客"就应该和"老倌"相伴一生。也正因此，之后的变故对她的打击可想而知。

有一段时间，我曾经和大外婆朝夕相处，但作为晚辈，我没想过也不敢去了解她当初的心境。对绝情而去的"老倌"，她有过怨恨吗？在长久的等待中，始终未能收到那个男人的只言片语，她有过绝望吗？面对没有尽头的孤独岁月，她产生过离开这个伤心之地另找出路的念头吗？人们看到的是，在之后的日子里，她孤身一人建起了"三层楼"，依靠酿酒生意支付日常开销，生活仍然在继续。但当暮色笼罩小镇，在孤灯难眠的漫漫长夜，有谁知道她的寂寞痛苦？她的眼泪带着心中的伤痛，渐渐模糊了双眼。她是什么时候戒断荤腥，又是为了什么而念经拜佛？是因为相信因果报应，还是明白今生缘定、只能寄托往生，希望通过吃素修行，祈求菩萨保佑，来世过上一个女人应该有的生活？这一切并没有人去向她求证。她就像离群索居的孤雁，在"三层楼"里度过了一年又一年的光阴。

二

我们一家是1969年开始与大外婆住在一起的，这时她已年近八十，到了需要后辈赡养的年龄。在这之前，杨氏家族经过商议，觉得我母亲吃国家饭，收入有保障，便定下每月从母亲的工资中拿出十元钱作为大外婆的生活费，而她的房子则由我母亲继承。

1969年是一个动荡的年头。这一年宁海县教育界实行"回队任教"，哪里的人回哪里去。于是，身为小学教师的母亲，带着我们兄弟三人从外地回到了小镇，住进了大外婆的"三层楼"。

我不知道，大外婆对我们一家的到来是喜还是忧，抑或是喜忧参半？那些日子，隔壁邻舍见到她都要说："花眼婆哎，这下闹热嘞，不冷清嘞！"确实，昔日难闻人声的老宅，一下子增加了四口人，进进出出，嬉笑打闹，有了家的气氛。但对一个大半辈子独居的老人来说，适应新的生活并不容易。

大外婆吃素，锅里碗里容不得荤腥。这样，除了她另备一副碗筷，每一次锅里烧了与猪肉鱼腥相关的菜肴，就得反复洗涮才可接着烧下一道菜。好在那时物资匮乏，不可能餐餐鱼肉海鲜，更多的时候是全家共用缺油无腥的咸菜、"酱油豆"。但一个素食者与吃荤的人同灶，我想她心里多少会有一些疙瘩。

大外婆信佛，除了每天念经，初一十五还要在家里进香礼佛。在"破旧立新"的潮流冲刷社会每个角落的年代，她的这一行为无可避免地被视为封建迷信。在她独居的时候，关起门来还能避人眼目；我们来了之后，她在礼拜佛陀时就有了顾忌。有时到了初一十五，明明看到她准备了香火，但当我们问她今天是否要拜佛时，她总会说："省了，省了！"

母亲最后并没能留在小镇任教，而是被分派到需要翻山越岭的外岗小学，两个弟弟也随着母亲住校。这样，平时就剩读初中的我和大外婆一起生活。在那些日子里，说是我们两人相互照顾，其实除了担水扫地，我并干不了其他家务活，而大外婆却承担起照料我一日三餐的责任。

她是"花眼"，只能摸索着烧饭做菜。烧的饭不是水多成了稀饭，就是水少了半生不熟；炒的菜不是盐放多了难以入口，就是忘了放盐淡而无味。一次我打开庑橱寻找吃剩的海蜇，结果上上下下遍寻不着，最后发现，她因为看不清碗里的食物，将海蜇放到锅里去蒸，早就成了一碗清汤。

那时的我，正处于所谓的叛逆期。我对大外婆烧的饭菜总是指指点点、嫌七道八，有时甚至会没来由地与她作对。这时的她是那么无助，失神的眼睛茫然四顾，两只手相互揉搓着，也不作更多的解释。

一个酷热的夏天，我参加生产队割稻，中暑后高烧不退，一连三天躺在床上。大外婆急得团团转，颠着一双小脚、拄着拐杖请来老中医，又忙着生火煎药，哆哆嗦嗦将汤药递到我的面前。我几次迷迷糊糊睁开眼睛，总能看到她坐在床边，脸上满是焦急的神情。

后来我想，她一定是将那份关于赡养和继承的契约看作必须信守的承诺，真心将我们兄弟几个，视作她的后代和这座老宅的继承人；也因为她是一个信佛的人，本着向善之心，一天天毫无怨言地做着她觉得应分的事。

三

"三层楼"因为高出周边房屋，在挤挤挨挨的老街上成了一处地标。我不清楚这房子造于何年何月，只听说当年杨家三兄弟翻建新房,大外婆因为没有劳力,全靠上叶娘家帮助。她的娘家人从山上砍来木材,将加工好的木料一根根背到小镇,但出乎意料的是,这些木料尺寸不对,难以搭建。后来才发现,是隔壁外姓人家砌屋时偷偷将地基占去了几寸。一个势单力薄的弱女子又能怎样?娘家人只得将这些木料重新加工改造,好不容易才帮她将房子竖了起来。

当我们一家住进去的时候,这房子已经像它的主人一样老迈:屋柱倾斜,门窗移位,房梁屋架蒙上了岁月厚厚的烟尘。屋顶年年翻修年年漏雨,每到台风季节,我们找出家里所有能够盛水的家什,摆放在一个个屋漏之处,漏下的雨水就像断线的泪珠,落在木桶中、瓦盆里,滴滴答答,使阴湿的老宅更显凄清。

但大外婆对这所陈旧破败、幽暗狭窄的房子爱惜如初。我经常看到她拿着抹布,摸索着擦拭楼梯扶手和双手能够伸到的板壁。她的擦拭非常缓慢,就像在温柔地抚摸自己的孩子,也像在一寸一寸地丈量自己的人生。很久以后我才明白,这房子是她一生的成就,向世人证明了一个孤身女人生活的勇气;这房子也寄托了她全部的希望,守在这里就守住了一个家,就守住了心中的执念。

老宅因为夹在一排房子中间,且没有后门,只能"凿壁偷光"，在分间壁上开了一扇带栅栏的窗户。在更多的时间里，大外婆总是长久地坐着念经，眼睛朝向这扇小窗，手里捻动佛珠，口中发出呢喃之声，似在祈祷，也像在倾诉，神情专注而虔诚。有时我想，她能够看见光亮吗？如果不能看见，又为什么总是朝着光的方向？

一年前，大外婆第一次出远门，去宁海北路桥头胡医治眼疾——她的"花眼"其实是白内障。从医院回来后，她在房子里走来走去，从一楼上到三楼，又从三楼下到一楼——她终于看清了一生为之守候的家的模样。

大外婆按照她所说的与菩萨约定的日子，在自己经手建造的"三层楼"里去世。她在临终时无病无痛，去得非常安详，人们都说这是修行的"正果"。

我捧着大外婆的遗照，走在送葬人群的最前面。天气很好，冬阳温暖。出殡队伍穿过老街向山上走去，平日里四处游荡的狗儿竟然不见踪影，远近听不到一声狗叫。山野间回荡着乡村乐手吹出的年代流行曲调和铜锣在重击之下发出的裂帛之声，不知道大外婆的魂灵是否已经走远，是否能够听见这尘世间为她送行的乐音。

灵柩入土了，一切又归于沉寂。我从山上回看小镇，"三层楼"凸显在一众房屋中，有些突兀，也更显破败。

大外婆已归入泥土,摇摇欲坠的老宅也终究会有坍塌的一天,"三层楼"里曾经有过的守望和寄托,终将遗落在尘埃之中。

大外婆的坟墓就在杨氏家族墓地的下方,刻着"王氏桂妹之墓"的坟碑,孤零零地立在风中,令人想起一个旧式乡村女子悲怆孤单的一生……

血脉里的眷恋

刚从桑洲岭隧道驶出，我便将车子向右拐进路旁空地，停稳下车，双脚又一次踏在家乡的土地上。

从1976年去地处海滨的青珠农场插队算起，我离开桑洲已经四十多年了。这中间也回来过多次，尤其是退休后的这几年，回来的次数更多。但这里毕竟已经不是我的常居之地，更何况在时光之水的冲刷下，原先熟悉的小镇环境包括地形物貌都发生了改变，老一辈相继作古日渐凋零，同辈人面容沧桑难以辨认，新生代初次谋面生疏不识。每一次回来，都有一种陌生感。但是我对桑洲这一昔日家园情有所系，这种源于血脉的眷恋，不会随着时间的流逝而淡去。

第一辑　乡音乡情

这次回来是为了祭扫祖墓。我沿着弯曲泥泞的田埂小径朝山坡上走去，身边的横山便是王氏家族墓地所在。昨夜下了一场雨，山上的草木愈见葱茏，田畈里的油菜花在阳光下黄得耀眼，啁啾鸟鸣随着春风荡漾而来。正是清明时节，那些隐约出现在树丛之中、田畈之间的坟头，香烟缭绕，白幡飘拂。山野间既有春天的生机，又有凭吊的肃穆。

我在年少时也曾多次跟随长辈来这里祭奠先祖，但更多的时候是当成一次踏青；而此刻站在先人的墓前，心中却感受到了岁月的苍茫。在这片并不宽敞的山地上，高高低低坐落着四五座坟墓。我之所以用"四五座"这个约数，是因为有的已经看不出坟茔的模样，出现在眼前的只是一长排用石块堆砌的坎壁；有的是从别处迁移而来的大坟，一座墓穴里合葬了几代人的骸骨。除了知道祖父祖母的坟墓，其他的我并不清楚安葬的是哪些先人。这些年代久远的墓碑，苔痕斑驳、字迹模糊，事先等在这里的堂弟指点着碑上的文字，语焉不详地解说着碑文的含义，稍一追问，便不知所以。

其实王氏家族最早的墓地是在几公里外的麻岙西山，那里有着始迁祖的坟墓，至今族人每年还会按照辈分年龄轮流祭扫。始迁祖原本生活在宁波西乡集士港的前王村，大约在清嘉庆年间,他沿着台郡古道一路南行,来到了桑洲。想必那时的桑洲是一个繁华宜人的地方,青山环抱的谷地,有清溪流过,有桑树在洲,"桑洲驿"的设立,更使这里成了"市概八乡,贸通四县"的商品集散地。始迁祖在桑洲的街市经营小百货(也有一说是六品官员),慢慢地就萌生了在此安家扎根的念头。传说有一天,他在桑洲岭头歇息时抬眼远望,看见秀屿山近处的一片草滩有红光显现,觉得这是一种吉兆,便买下这片荒地作为安身立命之处。更富传奇色彩的是,在动工兴建居所的时候,竟然在地底下挖到了一瓮元宝。始迁祖也因此被后人称为"发财太公"。就是靠着这瓮元宝,他在桑洲建起了宅院,买下了良田,世代繁衍,形成了一个大家族。虽然不知道这种传说有多少事实依据,但这个传奇故事已经成了家族历史的叙述起点,在族人口中代代相传。

我站立山坡转身眺望,有着传奇色彩的家族宅院就在不远处。这组历经数代风雨、被乡人称为"王家"的古民居,背依蜿蜒如龙的天台山脉,王爱山岗和前山头岗就像太师椅的扶手,左右延伸,将其拥抱。秀屿山在宅院的东南面葱郁如屏,塘房坑、水潭坑和清溪三条溪流犹如舞动的丝带,从三个方向飘然而过。坐落在"枕山、环水、面屏"风水宝地上的"王家",建筑结构繁复考究,有着恢宏

的阊门和绵延的围墙,墙内四个道地各成院落,却又通过风火夹道连成一体。阊门外的旗杆和下马石,门楣上的雕花纹饰,还有门外台阶旁的石狮子和堂前廊檐下"府学官报"的横匾,无不显示着王氏家族昔日的辉煌与荣耀。

孩提时我曾在这座宅院里生活,那时候代表举子登科的旗杆已经只剩基座,阊门也已失去门扇,石狮子更是不见踪影,但建筑的总体格局仍然完整,气势还在。我最近一次回这座老宅,是在几年前吊唁离世的叔母,这时候看到围墙已多处倾圮,院落一角的房屋也已经倒塌,破败之象更为明显。但高耸的马头墙依旧威严,大门上"东南揽秀"四个大字更显古朴,门两边"时生瑞霭笼仁里,日拥祥云护德门"的石刻对联依稀可辨,道地里鹅卵石铺成的铜钱形图案仍然清晰,格子花窗上游走的线条生动如昔,岁月的风霜难掩文化的底蕴。

在漫长的时光里,这座深宅大院有过无数悲欢离合的往事,其中麻娘"割股疗姑"的故事至今还在流传。旧时的宁海县志里有着这样的记载:"陈女,桑洲王永祥妻,道光二年夫故,年二十五,过门守志,姑病割股以疗得愈,守贞五十年,建坊本村边……"寥寥数十字,读来却触目惊心。作为家族后人,我对麻娘行为的看法是矛盾的。那座用于道德教化的贞节牌坊无疑是封建礼教的象征,背后

第一辑 乡音乡情

是一个女人五十年的辛酸凄苦;但如果不是简单地用"愚昧"去作评判,我又钦佩麻娘挥刀割股的勇气,这一举动所包含的血性和仁慈,从某种意义上体现了一个家族的精神。

宅院东北面原先建有家族宗祠,合抱粗的木柱上雕刻着一副楹联:"承祖宗一脉真传,克勤克俭;教子孙两行正路,惟读惟耕。"祖上还曾专筑一座四合院作为书房,命名为"饮冰室",并延请名师教授后人读书习字。可见耕读传家的祖训世代传承实践于斯。令人感佩的是,先人还按当时的地域名称,将"浙江宁海秀屿乡"七个字分别嵌入七个后代的名字之中,以此教育子孙记住家乡、不忘根本。现在,古老的宗祠已不复存在,作为书房的院子也在早年毁于大火。两百多年来,住在宅院里的人更是世代更替,新人辈出,但家国情怀、耕读传统就像涓涓细流,始终涵养着族人的心灵,成为一种家族印记。

随着岁月的流逝,这座古老的宅院已经无可避免地衰败,从我站立的山坡望去,它就像饱经风霜的老人蹲伏在地,沉默无声。在时代的流变中,家族后人走上了不同的人生道路,有的甚至漂洋过海,远走他乡;留在桑洲的也逐渐搬离老宅,住进了新房。但每一个在这座宅院生活过的人,就像在这片土地上长大的树木,不管后来去了哪里,无论成为栋梁承担大任,还是制成犁杖负重劳作,都无法带走留在泥土中的根系,也忘不了这方天地给予的养分。远离故土的家族后人,就像蒲公英的种子,随风飘飞,随遇而安,在新的环境中落地生根,繁衍生息。但家族基因蛰伏在身体某处,每到夜深人静的时刻,或者在半梦半醒之间,便会听到故乡隐秘的召唤。这时,记忆中的山川风物一一浮现,老宅中潮湿幽暗的墙弄,房梁上春泥垒筑的燕巢,屋顶的一缕炊烟,甚至墙头的一丛藤蔓,都成了乡愁中难以拂去的意象,思绪一次次沉溺其中。

我从小接受唯物主义教育,是一个无神论者。但站立在家乡的土地,置身于家族的墓园,总觉得祖先的目光在注视着我。春日的晴空下,我虔诚地点燃香烛合掌叩首,既是对先人的祭拜,也是对血脉的体认。和煦的春风中,我默默地吟诵家族的辈分序列:德梅烈隆昌,思礼昭家宝,公明喜国光……这些排列有序的优美汉字,就像一条源远流长的河,从历史深处奔涌而来,久久地在我心中激荡,使我感受到浓浓的家族归属感。这时候,我更理解了家山对于凝聚人心的作用,也更体会到故乡之于我生命的意义。

面对低垂的稻穗

秋风吹来的时候,也是晚稻成熟的季节。

远方的友人在微信朋友圈晒出一组照片:金黄的田野上,稻穗低垂,谷粒饱满,收割机就像满载而归的船只,在稻海中缓缓而行。朋友说,他们农场的"长香米"成熟了!顿时,我仿佛闻到了新米的清香,看到了朋友面对丰收绽放的笑容。

我禁不住问自己:已经多久没有亲近稻谷了?

我从小生活在浙东农村,乡亲们一年四季都围着庄稼打转。山区田少,寸土寸金,只要不是冷水田,都要种两季水稻。

春天来了。在迷蒙的雨雾中,农人头戴竹笠,身穿蓑衣,右手扶犁,左手执着牛绳和竹梢,驱赶着沉默的水牛或黄牛低头前行。当犁头插入泥土,开满紫云英的土地便翻起道道泥浪,那些草、那些花被埋进土中化作春泥。犁过之后,农人健壮的手臂挥舞着带有尖齿的"四股耙"削峰填谷,尽量使耕犁过的水田减少泥沟与泥脊。接着,轮到"耙"上场了。耙像犁一样,既是动词也是名词,是一种带刀片的农具,横着平放,人站在上面,一声吆喝,牛便拉着前进。农人在灌满春水的田里踏耙而行,那情景就像古代的将士驾着马车冲锋陷阵,耙过之处,形似波浪的泥土分崩离析,变得平整细腻。这个时候的田,才真正称得上水平如镜。

　　早在耕田之前,人们就已经开始育秧。先是浸种,让干燥的种子吸足水分,然后放置在温暖湿润的环境里催芽,再播撒到熨平的秧田里,用笤帚将种子浅浅地压到泥水中,使其生根发芽。后来又有了旱地育秧,种子在旱地上播下以后,需要用草木灰覆盖,施肥喷水,使其苗壮成长。一个月之后,就可以拔秧了。如果是旱地育秧,就直接和着泥土铲起,称为带土栽培;但大部分是水田育秧,就将尖腿的秧凳插进秧田,人坐在上面,小心翼翼地拔起秧苗,用稻草扎成"秧把",然后用畚箕挑着,送到等待插秧的田里。

这时的水田就像一张铺展开的白纸,等待着人们在上面书写文字。我在回忆儿时生活的文章里曾经写到插秧:"少年跟着大家下到田里一字排开,左手拿起一把秧苗,用右手扳了几株,就像握着绿色的毛笔,开始在泥水中书写。开头的时候动作拘谨,就像一笔一画地写着楷书,而且落笔有点歪斜;慢慢地就快了起来,动作变得迅速圆润,就像写着流水一般的行书。少年一步步地往后退去,留下了一簇簇、一行行刚插的禾苗。有人直起腰一看,惊呼道:这真像一排排字啊,今天的作业就写在水田里了。"这当然是对插秧的诗意描摹,其实插秧是一件技术活,也是一件累人的活。你必须双脚和肩膀平齐,低头弯腰,俯身大地;你还要站稳脚跟,减少移动,往后退步的时候要尽量保持在一条线上,避免将秧苗插到空虚的脚窝里。如此一来,经过一天的劳作,往往会腰脊酸乏。

这之后,返青的秧苗汲取着阳光和雨露,在山野的微风中一天天长高长壮,直至分蘖拔节、扬花结谷。但在这过程中,农人并没有闲暇的时间,更不能有松懈的心情,而必须像父母操心儿女的冷暖饥饱一般,时时刻刻关注着水稻的生长。耘田是其中的重要环节。或是手持长长的"田圈"在稻垄之间往来穿梭,防止田土板结;或是弯下腰身,伸出五指,在稻丛中一株一株地摸过,称为"摸田草"，在松土的同时拔去野草，并随手将草摁到泥里以化作肥料。这时天气开始炎热，头顶骄阳似火，脚下田水滚烫，没有风的日子，稻田里闷热而潮湿。如果久不下雨，晨光夜色之中，就得脚踩或者手摇咿咿呀呀的水车，从山塘中或溪流里引水灌溉，甚至用粪勺往稻丛戽水。即便后来有了抽水机，也得赤脚走在田埂上，荷锄巡视，查漏堵缺。

终于到了早稻成熟的时候，风吹稻浪，高高低低的梯田金黄层叠。最忙的季节来了。一边是漫山遍野的稻谷等着收割，一边是秋季作物必须栽种。时令不等人，分分秒秒都得"抢"，抢收抢种，所以也将这个时段称为"双抢"。

割稻比插秧更为苦累，除了腰酸背疼，还有稻叶划过手臂的刺痛，汗水流进眼睑的模糊。总想在田埂上坐一坐，喝一口山泉水缓缓劲，但季节就像山中饿狼一般追着，使人不敢停歇。

割下的稻谷，一般直接在田里脱粒。在没有打稻机之前，就在稻桶里"打稻"。稻桶呈四方体，上宽下窄，桶里斜放着竹条做成的栅状"桶梯"，三面围着竹篾编织的"桶箅"，底部装着两根木条，便于在稻田里拖拉转移。打稻的时候，双手将带穗的稻把高高举起，在桶梯上使劲掼打，谷粒便蹦跳着脱落。

脱下的谷粒用竹编的箩筐挑到晒场，铺摊在竹箪上晒晾。晒场往往是女人们的战场。中午时分，烈日当空，在野外劳作的人们趁此在阴凉处打个盹，而女将们却征战犹酣，隔一段时间便像耘田一般，手持竹耙在竹簟上拉来推去翻动谷粒，让每一颗谷粒暴露在烈日之下。她们往往会察云观天，知道"天上鱼鳞斑，晒谷不用翻""西北起黑云，雷雨必来临"。一旦遇到雷阵雨，便像火烧眉毛一样，心急慌忙地掀起竹簟的四角，将谷粒拢成一堆，盖上油布或收进屋里，这时真的像打仗一样。

经过几天的曝晒，谷粒吸饱了阳光，散发出干爽的气息，抓起一把，拿一颗用牙齿一咬，听到"砰"的一声，这时便可以倒入风车"扇谷"了。随着风叶摇动，气流将空瘪的秕谷吹走，而饱满结实的谷粒则流水般落入箩筐，随后归仓入库。

而这时，晚稻秧苗正被插入水田之中。山川大地四季轮回，辛勤的农人又投入周而复始的劳动，一天天在农耕的路上挥汗如雨。

我也在山野溪边慢慢长大。1976年，我插队到一家以种植棉花为主的农场，但那时提出"棉农不吃商品粮"，场里便组建青年队去新围垦的海塘试种水稻，我成了其中一员。凭着一腔青春热血，我们在寒风中平整土地，在带着咸味的春水里耕犁耙耘、播种插秧，身上的衣服凝结着霜花一般的汗渍。从冬到夏,忙碌辛劳,结果早稻的亩产只有六十公斤。事非经过不知难,这段经历更使我懂得了稻米的珍贵,也更清晰地看到,在"稻花香里说丰年"的唯美画面背后,是一张张风吹日晒的黝黑面孔,是一双双沾满泥土、粗糙皲裂的手。

如今,随着农业科技的发展,水稻产量在提高,种植条件在改善。袁隆平团队成功种植"海水稻"的消息,使我这个曾经在盐碱地上试种水稻的前知青倍感振奋。可以想象在这个过程中,他们所付出的汗水与心血。

前些天从学友的公众号上读到临海市现代农业企业家周振华的故事,也使我感触很深。周振华是二十世纪八十年代的种粮大户,我曾经去过他的村子,从他亲切憨厚的面容可以看到与庄稼和泥土打交道的农民形象。几十年来,周振华坚持从事粮食生产,并从传统农业向现代农业转变,实现了土地规模化、生产机械化、管理信息化、销售网络化。在广袤的田野上,有着千千万万不为人知的周振华,他们对脚下的土地饱含深情,胸怀着对粮食的虔诚,走上了现代农业的新生之路。

而在山野僻壤之间,还有更多的农人依然采用世代传承的方法耕耘栽种。他们是稻田深处的背影,默默地把种子播进土地,祈求风调雨顺、五谷丰登;他们不善表白,就像饱满成熟的稻穗,低垂着谦卑的头颅,只对大地吐露衷肠。而正是无数个袁隆平、周振华和田野上那些像庄稼般朴实的农人,用汗水培育出金子般珍贵的粮食,才使我们告别饥馑,生活年年丰盈。

  寒露已过,霜降将近,秋色一重深过一重。我要抓紧时间走向田野,不只为拍摄金黄的秋景,更要去抚摸那些饱满的谷粒,闻一闻汗水在土地上散发出的清香,并向低垂的稻穗致意,对粮食以及种植它的人、孕育它的土表达我的感激。

记忆中的那缕炊烟

我在山中行走,虽然已过立冬,但仍然满眼绿色。这个季节的绿与春夏相比,更为深沉厚重,银杏的金黄和枫树的赤红间杂其中,称得上色彩斑斓,加上山的高低起伏和阳光照在山脊谷底的明暗变化,一路行走,就像一幅充满质感的油画在眼前徐徐展开。

转过一个山弯,蓦然看到一座木屋孤单地坐落在一道斜坡的旁边,屋顶上一缕炊烟袅袅升起,在彩色山峦、蓝色天幕的衬托下,就像身穿白色裙裾的仙女在空中起舞。随着山风的吹拂,领舞者飘然而去,群舞者却不绝如缕。

久违了,炊烟!

千百年来,炊烟都是家的象征,有炊烟的地方便会有生命,"人间烟火"这个词就描摹了一幅人与炊烟紧密相依鲜活蓬勃的世俗图景。炊烟,也是文人墨客描写乡村景色的常用意象。陶渊明辞去彭泽县令归隐山林,向往的是"暧暧远人村,依依墟里烟"的世外桃源;范成大朝发竹下,骑马游走,看到"碧穗炊烟当树直,绿纹溪水趁桥弯",炊烟映衬出他的闲适心情;生活在元初的白朴,站在冬日黄昏的城郊,清寒的月光下看到的是"竹篱茅舍,淡烟衰草孤村",寂寥炊烟在他的眼里则是国破家亡之下的悲凉情景。无论喜或悲,炊烟在这些诗人的笔下,大都作为一种审美对象而存在;但对我来说,炊烟却是早年生活的温暖记忆,也是对昔日家园的一缕情思。

我的家乡桑洲是浙东的一座山中小镇。在我的记忆里,每到烧饭时辰,长长的老街和窄窄的墙弄,总是弥漫着柴草燃烧后发出的带有草木气息的淡淡味道——这就是炊烟的味道。

闻着炊烟的气味,走进一户人家的镬灶间,映入眼帘的是镬灶头。经年的烟熏火燎,岁月给灶头涂抹上一层油烟色的光亮,连同灶山头上贴着或摆着的"灶司菩萨"一起,已经看不出本来的面目。一般人家的灶头都是两眼灶,安放着两口铁铸的大镬,在两口大镬之间,嵌进了一只汤罐,烧火做饭的时候,顺带着也烧热了汤罐里的水。灶头的一端紧贴墙壁，用砖头砌起一道高高的烟囱，穿过屋顶伸向天空。杂乱的柴火在灶膛里熊熊燃烧，如同凤凰涅槃一般变成精灵从烟囱飘然而出，洁白、轻盈，娉娉袅袅，在微风中与天上的白云融在一起。

烧饭的时候，通常需要专人坐在镬灶前（灶膛口）添柴烧火。镬灶前放着火叉、火钳、火棍与火锹。火叉用于架起或搅动灶膛里的柴草，防止坍压熄火；火钳则将硬柴燃烧以后留下的木炭钳入炭甏；烧得最多的是松树枝，遇到不够干燥的柴火，浓烟往往将烧火者熏得眼泪汪汪，这时就需要用火棍吹气助燃；当灶膛里的草木灰积存到一定量的时候，就用火锹铲出堆积在用砖头或石板围成的"火炉膛"里。后来有了省柴灶，灶头旁就多了一架风箱，柴火塞进灶膛后，烧火的人手拉风箱，发出"啪嗒啪嗒"有节奏的响声，加上炒菜的声音，木勺从水缸舀水的声音，还有米粒在沸水中翻腾的声音，镬灶间里响起了生活奏鸣曲。

因为是小镇，桑洲人自己没有柴山，很多人就割茅草、捡树叶作燃料，也有人在夜色的掩护下到周边村庄的山上"偷柴"，但非常危险，一旦被抓就要受到惩罚，有的被殴打，有的则被关在谷仓里，经受湿松毛的熏烤。我也曾在一个夏天的晚上跟着邻人去陈家岙的山上"偷柴"，山野

第一辑　乡音乡情

一片漆黑，树枝藤条绊人手脚，加上夏虫啾啾，不知名的鸟时远时近、声高声低地鸣叫，更增添了恐怖气氛，除了怕被人发现，还要怕被蛇咬，真正是草木皆兵、步步惊心。虽然是有惊无险，但从此之后我再也不敢去"偷柴"，宁愿背着夏布口袋，到后门山上攀摘油桐树叶，晒干后用来烧饭。当然，桑洲街上的大多数人家还是从山里人那里购买柴火，每到"市日"的时候，后门垟就是柴火交易市场，排满了一担担木柴和松木劈成的柴爿。这些柴火来自高山深处，它们被斩断劈开送进灶膛，坚硬的身躯化为绵软的炊烟升上天空，与远方的山野森林作最后的告别，然后便永远消逝。

在镬灶间忙碌的往往是这户人家的主妇，一日三餐，炊烟在她手中准时升起。她身上系着靛青色的夏布"拦腰"（围裙）在砧板上切菜，刀下发出"嚓嚓"的声响，动作果断，手脚麻利。灶头上并没有几个盛放作料的瓶瓶罐罐，最多也就是盐甏和猪油甑，有时也会放一个素油瓶。镬烧热了，她小心翼翼地用筷子从猪油甑里挑出一点凝结后的猪油放到镬底，用镬戳（镬铲）将猪油撇开融化后，把切好的青菜或萝卜倒入镬中，发出"哗"的一声。在另一口镬里，镬盖边沿热气蒸腾，带水烧煮的番薯和芋头开始发出香气。她掀起镬盖，看到放在番薯芋头中间的一碗米饭也已蒸熟,便连忙将碗筷摆到已经用抹布擦拭干净的八仙桌上,转身来到门口,放开嗓子喊叫在道地里玩耍的孩子回家吃饭,这个时候,在田垟里劳作的男主人,也往往正扛着锄头或犁耙走进闾门。

主妇的身份会随着岁月而变换,先是在炮仗声中走进闾门的新妇,后来就有儿女叫她娘,慢慢就成了奶奶或外婆,但在漫长的人生中,她始终走不出镬灶间这方天地。那条原先有着靛青染料气息的拦腰,渗进了葱姜的辛辣味道、海盐落到油锅时爆出的微腥味道,还有灶膛里散发的烟火味道,她就这样长年累月在这种混合而成的油烟味中忙碌,渐渐地青丝变成了白发。

无论物资匮乏还是充裕,操持一家的吃食都不是一件容易的事,主妇会尽其所能变换花样,将那些从田野里收获的散发着阳光气息的稻麦杂粮、滴沾着晶亮露水的果蔬野草,做成家人喜欢的饭菜。或用苞芦粉做成"圆"和"糅",或用面粉揉"麦饼"、包"汤包",也会或烫或炒"垂面"和"面干"。到了一些节日,比如冬至,就会做"糯米圆",可以炒着吃,也可以先将糯米圆放到滚汤里烧熟以后用漏勺捞起来,再放到事先拌好红糖的细豆(红豆)沙中滚动,让香甜的豆沙和糯米圆紧密地粘在一起,成为桑洲特有的"细豆沙圆"。"七月半"的时候,会

第一辑 乡音乡情

糊"麦焦",特别是正月十四那天,会糊很多的麦焦和以米粉浆为主要原料的"米筒",一连吃上几天。冷掉的麦焦和米筒需要在镬里热了才好吃,这时她就会拿起一张厚厚的"粗纸"(这张粗纸因为常年使用,已经变得油黑锃亮),将少许素油抹在粗纸上,在镬里擦上一遍,这样既不浪费油,又能使麦焦和米筒不粘镬。家人坐到八仙桌旁吃饭的时候,她撩起拦腰擦着手上的水渍,却把欣慰留在心里而不会表露出来。过年是主妇们最累的时候,也是镬灶间最热闹的时候。家人都会来帮忙,磨豆腐,捣馍糍,包粽子,蒸豆腐肉圆,灶膛里烈火熊熊,灶头上蒸汽环绕,屋顶上也整日炊烟袅袅,似乎在宣示着节日的到来和日子的红火。

在炊烟升起的屋檐下,生活着血脉相连、息息相关的人。他们在同一张八仙桌上用餐,吃的是一样的饭菜,慢慢地也就有了相同的口味,这种口味在舌尖上深藏不露,却会伴随终身。正因如此,桑洲的子弟即便流徙异乡,看到炊烟便会想起家乡的麦饼、麦焦以及汤包、糯米圆,想起母亲在镬灶后忙碌的身影以及风箱所发出的响声,想起冬日夜晚火炉膛的炭火和炭火旁团团围坐说着家长里短的亲人。

如今小镇和周边的村庄都已用上煤气,昔日因斫柴割草而光秃的山头变得郁郁葱葱,已经越来越难以寻觅到炊烟的踪影。但炊烟已然成了游子对家的一种念想,午夜梦回,他们会朝着炊烟导引的方向,跨越千山万水,迈进老街那座雕花的闾门或者清溪旁边用竹篱围成的院落,来到镬灶间,深深地吸一口从小熟悉的那股叫"乡愁"的气息。

山腰上的汽车站

我给志林打去电话,问他桑洲老车站还在不在,我想回去看看。

志林大我四天,是我的表兄,也是我的初中同学。他说,早就没有了,那个地方现在造了水塔。你怎么想起要去看老车站了?

是啊!我怎么想起要去看老车站呢?自从四十多年前离开桑洲后,我走了不少地方,有着无数次的出发与抵达,但身为过客,那些气势雄伟的国际机场和恢宏壮观的高铁站,并没有给我留下太多印象,反而是家乡山腰上的汽车站,牢牢地留在了我的记忆里。

桑洲汽车站很小,小到只有一座平房。甬临线像一根布带绕山而来,汽车站就是布带上的一个"结";形单影只的汽车好似在布带上缓慢爬行的甲壳虫,遇到"结"就停了下来。

而在我们这些小镇少年的眼里,汽车站却很大,在这里似乎可以望到山外的广阔世界。桑洲人将"看"说成"相",去汽车站相汽车,既是小镇少年的一项娱乐活动,也是一次假想中的"去远方"。

往往汽车还未在公路拐弯处出现,老林就从平房里出来了。老林是站长。他好像是黄岩人,全家都住在这座平房里。平房的门厅是候车的地方,再往里是售票室,右侧就是老林一家的居室。老林的儿子小林和我同一年级,是乒乓球高手,他左手挥拍,在同学中战无不胜。我们去车站相汽车,实际上就是去小林的家里玩。

老林从屋里出来的时候,脖颈上挂着一个哨子,上衣口袋插着一支圆珠笔,手里拿着一红一绿两面小旗,腋下夹着一块小薄板,板上用铁皮夹子夹着一张纸。

汽车是慢慢开过来的。即使是从宁波方向开来的车子,到站前正处于下坡路段,但司机应该是早就将速度放慢,做好了停车的准备。当老林举起红旗吹响哨子,汽车也正好停了下来。

这时,甬临线又像一棵倒卧的大树,两旁的青山是它伸出的枝叶，山坡上一道道弯曲的地坎就是一根根叶脉；而车站恰似筑在大树上的蜂巢，上车下车的旅客好似一只只蜜蜂，停留片刻，便忙忙碌碌地去往各自的地方。

老林和司机核对着上下车的人数，用圆珠笔在纸上写写画画。待车门关上后，他便举起绿色的小旗，吹响发车的哨音，汽车尾部喷出一股黑烟，喘息着继续向山上或山下驶去。我们这些相汽车的人，心思似乎也随着走远，直到车身隐没在山的那边，才心有不甘地回家。

像这样漫无目的地相汽车，次数并不是很多。我去车站大多是负有任务，或者是接人、送人，或者是自己上车出行，而每一次去车站的心情也会不同。

最兴奋的当然是去车站接父亲。父亲在上海教书，每年寒暑假回老家，事先会写信告诉我们到家的日期。父亲乘轮船到宁波，再转乘宁波开往三门的汽车，这班车经过桑洲的时间大约在下午三点。这一天，我往往吃过中饭就出了家门，沿着长长的老街向前走去，也许因为心情愉快，街两旁依次出现的供销社、棉布店、合作商店、邮电局和理发店，看上去似乎比平日热闹得多。在快到水电站和食品站的地方右转，穿过一条墙弄，便看到了风水坝头的古树群和树群旁交易猪仔的"小猪场"。这时我的心开始提了起来，前面就是上山陈村，有一次，就因为朝村里一处开着闾门的道地看了一眼,结果被冲出的恶犬扑倒在地,小腿上留下了被咬的齿痕。从此,每次穿过上山陈的时候都提心吊胆、目不斜视,出了村才把心放下,然后轻松地唱起歌,沿着蜿蜒向上的小路,走向山腰上的汽车站。

老林和小林都知道我是来接父亲的。我一边和他们说着话,一边抬眼瞄着候车室里的自鸣钟。班车并不一定准时到达,我就一遍遍问:林站长,汽车快来了吗?老林总是回答:急什么?我还没接到电话呢!那时候,汽车从前方车站开出后,会用手摇电话通知下一站。

终于,汽车出现在山路的转弯处,但车头一闪,还没来得及辨出车的颜色,车身又被山体遮住了,等再看到的时候,车子已经从笔直的下坡路上开了过来。

车子还没停稳,我就透过车窗寻找父亲的身影,而这时父亲其实早已站在车门的旁边等着下车。

见到父亲当然高兴,但我更盼望的是父亲带回的书籍,往往等不及回到家中,在路上就开始翻看,或者边走边读着网线袋里露出的用于包装物品的报纸。

到了父亲要回上海的时候,最担心的是能否买到车票。在桑洲车站停靠的班车不多,留给这里的余票更少,而周边乡村出远门的都是从这里启程,这就造成车票供不应求。加上桑洲是工匠之乡,特别是石匠手艺远近闻名,有一大批人在全国各地讨生活,打山洞、筑塘坝、造桥铺路。过完年,石匠们行囊里装着路上充饥的桑洲麦饼,三五成群结伴出门。他们的去向都是往北,而这个方向的班车,也就三门至宁波、临海至宁波有限的几趟,因此每年正月十四以后的一段时间,汽车票最为紧俏。

有时候父亲会事先和老林打招呼,希望能留票,但票不拿到手,心里总是不踏实,所以每到父亲返程的日子,早晨四五点钟我就要起来去车站买票。夏天还好,太阳还没上山,晨风凉爽宜人;而冬天的这个时间,天还黑着呢。因为到得早,老林一家还没起床,车站的门还关着,买票的人就站着聊天,相互打听各自前往的目的地。我默默地数着等票的人数,预测着能不能买到票。这时的心情是矛盾的,既盼着买到车票让父亲顺利返校,又想着如果买不到票父亲就可以在家中多住几天。但即使多留几天又怎样呢?父亲总是要回上海的。

去宁波的车是从南边开来的。站在车站朝南看,公路被凸出的山嘴遮挡,出现在视线里的只有短短的一截,往往是等车的人还没注意到,车子就已经转过山嘴停在面前了。这使告别时刻来得猝不及防,临别的话还没有说够,出门的人就得上车了。往北走的是上坡路,汽车开得很慢很吃力,似乎是有意延长时间让远行者与亲人挥别,父亲也总是要等到汽车爬完直坡转弯了,才从窗口收回久久摇动着的手。

　　我也曾多次在这个车站上车。小学时我跟着母亲在三十多里外一个叫大郑的村庄上学,假期有时会回桑洲;开学时如果是我一个人乘车回学校,送我上车的便是外公了。有一次,我上车后坐在靠窗的位子,外公站在车下,反复提醒我在梁皇下车后应该走哪条路。就在车门关上的时候,他似乎想到了什么,摸索着从贴胸的口袋里掏出一张崭新的钞票——一张新版的"一角"纸币,从开着的车窗递给我。我嘴上说着不要不要,手却早已伸出去将钱接了过来,惹得车上的人一阵大笑:毕竟是孩子啊!车子开动了,两旁的山和树都在往后退,外公的身影也越退越远,越来越小,我将带着外公体温的新钞票放进衣袋,用手紧紧地按着……

　　1976年春天,我再一次在这个山腰上的车站启程。这一次是去农场插队,是人生道路上一次真正的远行——离别父母,走向社会。我当然还会回桑洲,但从此以后,当我和别人说起这个山中小镇,在人们的心目中,这里已经是我的老家或者说是我的故乡了。汽车启动的时候,我挥手与亲友告别,心里也默默地在与家乡的山水告别。

　　给志林打电话的第二天,我便一个人开车从宁波回到桑洲,从小镇南边的中央溪上行,来到汽车站所在的半山腰。志林说的没错,在原先车站的位置上,一座水塔高高耸立,全然不见旧时景象。没有哨声响起,没有红绿小旗的挥动,也不再有汽车到站时的喧闹嘈杂,那些在这里翘首等待亲人归来的人,那些在这里告别亲友登车远行的人,都已在时光中消散了身影。

我在不见车影和人迹的公路上伫立,山下是新房栉比的桑洲镇和穿镇而过的古老清溪,改道后的甬临线宽阔平坦,在青山下通向远方。太阳当空,时间已是正午,我靠在车上吃着刚才在镇街上买的桑洲麦饼,品尝着家乡的味道,也咀嚼着岁月的滋味……

山坳里的村庄

有一座山村,几十年来总在我的记忆里隐约出现。

二十世纪七十年代中期,我在天台山脉一处叫冠峰的高山上读高中。每当站在学校后面的山岗上远眺,便会沉浸在漫无边际的想象之中,总觉得很久很久以前,一定曾有一双大手舞动着一幅巨大的绿毯,在风起云涌的天空下,掀起一重重绿色的波浪;绿毯停止舞动的瞬间,波浪永久凝固,在大地上留下一道道褶皱,便成了眼前绵延的山梁和高耸的山峰。

记忆中的山村,就坐落在层峦叠嶂之中。半个世纪后的今天,当我的目光在冠峰区域的卫星高清地图上寻觅:蓝田庵、横路庵、下大岙、百丈丘、王家坑、叶家坑、上

第一辑 乡音乡情

里坑……一个个村庄,就像一个个似曾相识的故人出现在眼前,但我已经难以确定留在记忆中的究竟是哪一个山村。

一

我第一次去这个山村是在秋天。那时实行"开门办学",也就是要求学生走出校门,到工厂农村去学工学农。在秋收的大忙时节,学校就组织学生到山村去帮助生产队收割晚稻。

深秋的早晨,我们走在杳无人迹的山路上。天空澄碧高远,阳光在山脊上勾勒出硬朗的线条,阳面明亮,阴面幽暗,像一幅黑白分明的版画。山路两旁高过膝盖的茅草已经发黄,草叶失去了往日的锋利,划在光裸的小腿上竟有一种被抚摸的惬意。这一带乔木稀疏、灌木丛生,山风吹过,秋叶纷纷而下,冷不防便有山雀鸣叫着从树丛中急速地飞出。衰败的茅草、落叶的树枝、急促的鸟声,构成了秋日山岗的萧瑟意境。

转过一个山口,便看到了层叠的梯田。从远处看去,层层梯田好似泛黄的旧书,在秋风的吹拂下,一页一页地翻开;走得近了,又觉得梯田像狭窄细长的金色飘带,一条一条地缠绕着山腰;而当站在田坎上的时候,谷穗低垂的梯田就像毛茸茸不规则的布帛，一块一块地铺展在阳光下。

　　山民们在清晨就已经开始收割，现在正忙着打稻，并将脱粒后的稻草系成一束束，竖立着晾在收割后的空地上；也有人用扁担挑起装着稻谷的沉甸甸的竹箩，沿着田坎往山下走去。我们分组散到几块田里，俯下身子，挥动镰刀割了起来。本以为这是一次轻松的集体活动，哪知道时间不长，脸上便汗水涔涔，腰背也开始发酸，时不时地要直起身子缓一缓劲。

　　这时就可以望见山坳里的村庄。我看到一条山溪流过村旁，溪水在阳光的照耀下闪着炫目的光斑。我猜想这是一条并不太小的溪流，因为即便在枯水的秋季，仍然可以听到潺潺水声。村口有大片色彩斑斓的树木，枝繁叶茂绿色成荫的想必是常见的樟树，像火炬一样在秋阳下灼人眼目的一定是枫树，而在树下铺了一地金黄的无疑是正在落叶的银杏。

　　树群后面便是围成一个个道地的村落，房屋按照地形的高低，错落有致地建造在谷地和山坡上。这些房子应该有些年头了，远远地望去，山石堆砌的墙壁和瓦片覆盖的屋顶，都让岁月之手涂抹上了一层烟灰的颜色。也许因为正是上工时间，村子里悄无声息，好像有妇人孩童的身影在巷弄间闪现,但影影绰绰看不真切。太阳已经升到半空,乳白色的炊烟开始在村庄里弥漫,风吹轻烟,远远地飘来松枝燃烧后散发出的清香。

站在坡上的稻田里,村庄似乎触手可及,但我知道,如果要去那里,需要走很长的一段盘山小路。就在我出神地看着山村的时候,身边的同伴已经将我远远地抛在后面,于是不得不弓下腰身继续割稻,收起了去一趟这个村庄的念头。

二

等我真正走进这座山村,已经是第二年的夏天,学校组织文艺宣传队去周围村庄演出。

我们在夏日的傍晚走上了同一条山路,两旁的乔木、灌木和茅草都在肆意生长,绿色将近处的山坡和远方的峰峦连在了一起,看过去满目葱茏。天边的夕阳似落未落,晚霞在天空和山峦的接壤处描出了一圈玫瑰色的光晕。因为是带妆而行,大家都十分兴奋,早早就进入了表演状态,歌声和笑声惊起了一只只晚归的鸟雀。

走过一段下行的小路,山溪出现在眼前。我当初的猜想没错,这是一条一丈多宽的溪流,溪上布着石步,水边生长着书中称为枫杨树的溪椤。正是山区多雨季节,水流湍急,撞击在石步上哗哗有声。

进村的道路用鹅卵石铺成。这些经过溪水冲刷的石头,经受了无数人双脚的摩挲,已经变得圆润光滑。村口是一家小卖店。那时候几乎每个村庄都有这样的小店,为村民提供食盐、煤油、火柴等最基本的生活资料。小店一般都设在村头桥边,或者是村庄的中心,这类场所往往也是人们的聚集之处,大家在这里闲聊家长里短,交流各方信息。进村的时候,看到小店门口站满了人,也不知道是不是在等候我们,只听到有人在喊:"做戏人来啦!做戏人来啦!"

我们沿着山石铺设的坡道往村里走去,两边是一间挨一间的木结构房子。这些房屋在近旁看,房檐低矮,窗小门窄,墙脚苔藓蔓衍。驱蚊的青蒿在屋前空地上一簇一簇地焚着,青烟袅袅,气味呛人。有人端着盛满番薯丝的粗瓷大碗坐在门槛上,借着夜幕降临前的光亮吃着晚饭。也有木屋已经倒塌,残垣围成的废墟上种着夏令蔬菜,断壁上攀爬着茂密的瓜果藤蔓。原先站在小店门口的人群跟在我们后面,一路上还不断有人加入进来,队伍越来越长,声音也越来越嘈杂。宣传队的到来,成了山村的一件盛事。

演出是在祠堂里进行。这座祠堂恐怕是村里最好的建筑了,青砖墙体,黛瓦覆顶,屋檐的四角高高翘起,犹如

鸟雀展翅。祠堂里的戏台并不大，有一个圆形的拱顶，后来才知道这种俗称"鸡笼顶"的藻井，起着共鸣扩音的作用。我们到达祠堂的时候，天已黑尽，戏台檐口挂着的两盏汽灯，将台上台下照得通明。正厅已经坐满了人，后来陆陆续续进来的只好站在两边的天井里。

学校宣传队刚刚组建，节目都是临时排练，同学们更无演技可言，演出时洋相不断：有唱歌起调过高上不去的，有说"三句半"忘词的，甚至有跳舞时在台上绊倒的……台下观众热情洋溢，觉得好看就大声叫好，表演出错了就哄堂大笑，气氛十分热烈。观众的情绪激励着我们，大家都非常卖力，汗水在化过妆的脸上流出了道道痕迹。

演出结束，夜已深沉，几个热情的山民举着松明点燃的火把，将我们送到山脚溪边。登上山坡的时候我回头张望，只见月色笼罩大山，刚才还人声鼎沸的村庄，已经恢复了宁静。

三

再次去山村是在转年的三月，学校安排毕业班的我们分头到各个村庄给小学生上课，也算是另一种形式的开门办学。

第一辑 乡音乡情

早春的山区乍暖还寒,我们走在山路上,仍可见两旁残雪点点。但草木已经开始伸枝展叶,鸟禽也在初试歌喉,大山已从冰封的冬天苏醒过来。坡道下的山溪与夏天时相比,水流明显小了,淙淙水声仿佛是乐队试音,正在等待汛期交响乐的演奏。

学校设在村庄边缘,周围水杉高挺,竹林青翠。一排大约是五十年代建造的砖瓦平房,斑驳的墙面石灰多处脱落,没有玻璃的窗格上糊着旧报纸,经过整修的门扇露着木板的原色。屋前泥泞的操场上,竖着半副篮球架子,一张用松木板搭起的乒乓桌经过日晒雨淋,露出了长长的裂缝。两个教室里坐着四个年级的学生,是山区小学常见的复式班。学校老师说,得知我们要来,孩子们换上了过年的衣裳,早早就在教室外面等着了。那天上课的内容早已忘记,但孩子们见到我们时的羞涩笑容,听课时的专注神情,给我留下了很深的印象。

中午离开山村的时候天气很好,早春的阳光照在身上已经有了暖洋洋的感觉。返程的路上,我还在想着这些大山里的孩子,于是在溪流旁边的坡道上转过身,回望这座来了多次的村庄。春阳下的山村一片明亮,我听到了鸡鸣狗叫的声音,也看到山民在闲了一个冬天的地里忙碌,想必是在为春耕作准备。我想,如果将秋天五谷归仓的村庄比作沉稳厚实的壮年,将夏天挥汗如雨的村庄比作热情奔放的青年,那么春天万物更新的村庄就是蓬勃向上的少年,蕴涵着生机。

  岁月如流云。我离开冠峰已经几十年了,山坳里的村庄在脑海里逐渐变得模糊,记忆里的一些场景和片段,很有可能是将不同的山村混在了一起。但这又有什么关系呢?要紧的是我确实到过这样的山村,虽是蜻蜓点水,浮光掠影,但那里的山水田园、草木稼禾、老屋旧舍、人迹风情,潜移默化地影响着我,使我身处繁华闹市仍能清晰地记得,这片土地有着怎样的底色。

三上南山岗

站在清溪北岸,抬头就看到了南山岗。

早年,我生活在桑洲这个山中小镇,南山岗就像一道巨大的画屏矗立在面前。从春天的翠绿到夏天的葱郁,经过秋天的丰盛,直至冬天的萧瑟,它用不同的色彩和景象,向小镇的人们传递着四季更替的消息。在逢五逢十的"桑洲市"上,那些来自南山岗的竹木柴火和蔬菜瓜果,也让小镇的居民感觉到,这道山岗和自己的生活紧密相连。但在一个少年的眼中,南山岗又是那么遥远,隔着一条奔腾的溪流,隔着一片阡陌交错的田野,可望而不可即。

直到初中二年级的时候,我才有机会去了南山岗。应该是1971年吧,大岗头附近山坡的黄泥地下发现了煤矿,一时间，南山岗好像一块刚从岩层中发现的宝石，吸引了世人的目光。一些原先在泥里水里耕田种地的农民，放下犁耙锄头，拿起铁镐风钻，成了煤矿工人。因为有了煤矿，南山岗在我们的心目中变得更高也更近了，坐在教室里似乎也能感觉到远处传来采煤的声音。其实我们并不知道采煤应该是怎样的声音，也许像钢钎撞击石头那样清脆，也许是铁锄挖入泥土那般沉闷，但也正因为是想象中的声音，少年之心才更加激动难安，恨不得立刻就去南山岗。

学校也许是觉察到我们的心思，当然更大的可能是因为勤工俭学的需要，决定组织全校师生去南山岗担煤。那是一个夏日，为了避开正午的酷热，我们一早就挑着畚箕从学校出发，经过长长的老街，在上山陈风水坝头的地方，踏着条石铺设的桥梁跨过清溪，来到了南山岗的跟前。我们从陈家岙开始沿着古道向上攀登，路边有山坑水叮咚作响，坡地上种着苞芦和番薯，梯田里的早稻等待收割，树丛或竹林后面，时有白墙黑瓦的农舍出现，一路上的景色与其他山岗并无两样，大家熟视无睹，默默地走在崎岖曲折的山路上。

气氛的变化突如其来。就在同学们埋头走路的时候，有人突然发出了惊叫声："哦哟！快看啊！"大家似乎被这一声喊叫惊吓到了，都停住了脚步。我随着喊叫者的目光

第一辑　乡音乡情

转过了身——啊！出现在视野里的是一幅壮美的山水画卷：只见前山头岗连着扁担岗，巨龙般横卧在南山岗的对面；铺展在山谷中的桑洲街，就像一个经历了漫长岁月的老人，疲惫而又放松地憩息在卧龙的身旁；清溪从西面的青山间迤逦而来，像舞动的绸带从老街一侧飘过。这时正是早上八九点钟光景，阳光明亮，山风轻拂，一群少年站在南山岗上，居高望远，看到了家乡山水的另一种姿态。

煤矿并没有想象中的壮观，听不见隆隆机声，看不到热火朝天的挖煤场面，也许这一切都隐藏在深深的坑道里面。大家在山坡堆场上将似泥似炭的煤块装进畚箕，便开始返程。

我们并没有走来时的老路，而是从另一个方向下山。因为肩负重担，走得有点累，便找了一处较为平坦的地方歇了下来。这时看到远处山坡上有屋宇隐现，有人猜测那是山头槽的紫云庵。马上有同学质疑，都破四旧了，哪里还会有庵？被质疑者不服，说是不是庵不知道，但听老辈人说过，山头槽祈梦很灵验。接着就绘声绘色地讲了起来：清同治六年，天台武举人陈继孟上京赴考前，留宿紫云庵预卜仕途，结果空无一梦。懊恼之际，忽听睡在旁边求子的东岙人说梦到一根毛竹一劈两开，并说梦境中有神仙指点，想要解梦，必须找睡在旁边的状元郎。陈继孟听后大喜，说：一根毛竹一劈两开，恭喜你会得双胞胎。结果，陈继孟上京应试中了武状元，东岙人生下了双胞胎……身处破旧立新的年代，我并不相信这神乎其神的传说，但心里还是有一分暗暗的惊奇。

再去南山岗，已经是2009年农历的十二月廿九。这次我是和单位的同事一起去山村过年。中巴车行使在盘山路上，快速而平稳，与四十年前攀爬逼仄崎岖的山路相比，不可同日而语。虽然是冬天，车窗外的山色还是一片苍绿。我向车上的当地朋友打听煤矿的情况，他说早就关掉了，煤的质量差、储量少，没有开采价值。他还说，这些年南山岗大力发展茶叶产业，已经成了"望海茶"的早茶基地。南山岗上种茶树我是知道的，但不知道已经形成规模和品牌。望着山坡上一垄垄茶树，我想象着春天的南山岗，仿佛看到了雨雾飘渺中，漫山遍野新茶吐翠的景象。

去的是团结村。这是几个村庄合并后的名字，我们到的自然村叫夏家。这才想起，玉英姐的家就在这里。她是我奶娘的女儿，当年从清溪出山的坑口村嫁到南山岗，从"平垟"到了"山上"。二十世纪八十年代随着土地政策的放宽，他们全家离开山村，去鄞县东乡承包田地种植粮食和蔬菜，并在那里买了房子落了脚。

除夕前夜的夏家村，宁静之中透着欢乐，屋舍的廊下挂着红灯笼，门楣贴上了喜庆的春联。据说村里有800多亩茶园，家家户户都种起了茶树，不少人家造了新房。进村时已近傍晚，一下车村里老乡就带着我们去看村边的古树群。这是一片有着近50棵古树的林子，每棵树都有标牌说明：沙朴、枫树、香樟、柏树、溪椤、红豆杉……这些在山岗上经受了几百年雨雪风霜的古木，树干苍老峥嵘，甚至青苔漫衍、藤蔓缠身，但枝叶却繁荣茂盛、充满生机。置身于夕阳余晖下的古树群，禁不住感叹时光的流逝，产生古老与新生、岁月与人事的无尽遐思。

几个同事饶有兴趣地和村民一起捣麻糍，我一个人在村子里转悠，竟然遇到了姐夫夏承虎。一年前玉英姐先是骑着三轮车卖菜在街头被汽车撞伤，后又坐在轮椅上跌倒，最终不治离世。之后姐夫就经常回老家居住。他并不知道今天我要来，惊喜之余连忙将我带到家中。他们新造的房子坐落在村子的高处，站在屋前瞭望，群山莽莽苍苍；暮色中想起玉英姐，心中更觉无边苍茫。他们的几个孩子已经分别在深圳、宁波成家立业，逢年过节还是会回到老家。从南山岗去远方寻找更好生活的并不止姐夫一家，但无论走到哪里，他们的心终究离不开这座山岗。

最近一次到南山岗，是在今年春天和几位朋友一起去观赏油菜花，距上一次来这里已经过去了十多年。这些年，南山岗的油菜花名声远扬,"不老南山,花漾桑洲"已经成了一张诱人的名片。一路上,我在脑海中搜索着关于家乡油菜花的记忆,但总是零零碎碎、模糊不清。桑洲山多地少,在公社年代,仅有的一点土地全部用来种植充饥的粮食。那时有油菜吗?也许有,但最多只是在房前屋后、田脚沟边零星种植,不可能形成规模。山岗上当然有花,但那都是迎风开放的野花,传说中的几千亩油菜花海,会是怎样一种景象?

我们带着好奇去赴一场事先张扬的花事。还是那条上山的路,但变得更为宽阔平整,柏油铺成的黑色路面,车轮碾过,悄无声息。车子刚开出桑洲镇区,远远地就看见了山坡上的一抹金黄。随着汽车不断盘旋上升,金黄的颜色慢慢地成块连片,潮水般在车窗两侧翻涌,令人目眩神迷。而当我们站到观景平台上的时候,看到油菜花铺天盖地,就像金黄的瀑布从山岗上倾泻而下,碰到一道一道的田埂石坎,便一波三折、层层叠叠,犹如波浪般翻卷。南山岗,俨然成了油菜花的海洋!

观赏油菜花的游人熙熙攘攘,一些村民在村口路旁摆起小摊,售卖山岗上出产的茶叶、笋干和麦饼、麦焦等特色食品。在南岭村,我遇到了老乡王秀玲。她在县城当了二十多年的幼儿园园长,2015年回到南山岗,利用老宅办起了民宿"南山驿"。这之后,南山岗上的民宿一家一家多了起来,在南岭村我们就与好几家民宿不期而遇:楠山南、花源里、桑里云烟……一个个富有诗意的名字,为古老的山村增添了浪漫色彩,油菜花带动的旅游产业也为村民增加了实实在在的经济收入。

  站在南山岗,又一次俯瞰家乡山水,我想起了三次来到这座山岗的所见所闻,甚至记起了半个世纪前听到的关于山头槽祈梦的传说。在这片土地上,一代又一代的人有过多少梦想,一辈又一辈的人为了实现梦想又饱尝了多少艰辛!而今站在这铺满鲜花的山岗上,我也有一个心愿,祈盼家乡的每一个人,都能梦想成真。

一个叫大郑的村子

我曾经在一个叫大郑的村子生活，五十多年过去了，还时常想起，不能忘记。

甬临线蜿蜒而来，穿过宁海城，翻过蚱蚰岭，经过梁皇村，向东拐入一条机耕路，不需多少时间就到了大郑。

村的西头有一棵大樟树。大樟树既是村子的地标，也是村民的聚集之处和信息的交流中心。每当月上树梢，人们便相约黄昏，或谈时事新闻，或说家长里短，大樟树下一片嘈杂，叽叽喳喳犹如天上的星星。直到夜深时分，人们才前呼后叫走回家中，关上咿咿呀呀的木门，安然入睡。

村的东头也有一棵大樟树。树的旁边是一座古老的祠堂，祠堂里办起了小学，少年们读书和唱歌的声音像一群鸽子,久久地在村子的上空盘旋。树的旁边还有一条小河,河边是茂密的野草和生花的杂树,河面上长满了水葫芦和"革命草",河水在底下悄无声息地流淌。

大郑并不大,也就几十户人家;大郑人也不姓郑,而姓葛。村里姓葛的似乎都是亲戚,就像村子里曲曲弯弯的墙弄,从这一条总能走到另一条,这户人家和那户人家也总能攀上关系。

那时的村不叫村,叫大队;村民也不叫村民,叫社员。社员不用操心今天干什么、明天干什么,大家同一时间出工,在同一块田地里劳动,听从队长一个人的安排。也不用去操心田地里准备种稻谷还是种洋芋、今年的收成是丰收还是歉收,每个人关心的是自己的工分能被评为几等,每一个工分值多少钱。每到年终决算的时候,生产队总要召开社员大会,大家的心揪得紧紧的,都把希望寄托在会计手里那张薄薄的纸上。大郑大队因为养殖长毛兔而产生影响,经常有远方的客人来参观取经。大家因此而骄傲与自豪,于是就养更多的兔子,不但大队集体养,社员家里也养,这样社员的年终收入也就比周边的村子要多一些。

村里很少有人去过宁海县城,四十里外的"城里"对他们来说太遥远了。腊月廿七,换上一件没有补丁、干净整洁的衣服,去五里路外的公社所在地前童赶"黄洋市",

或者某个晚上走夜路去邻村看一场露天电影,就成了非常隆重的消遣和娱乐活动。

　　我的母亲是乡村教师,我跟着她从外地来到大郑。我们生活在村子里,和村民"打成一片",可以随意走东家串西家,熟悉得就像走进自己的家里。我总是跳跃着跑进那些门楣雕花、门槛很高的闾门,看到大黄狗慵懒地蜷伏在用鹅卵石镶拼出好看图案的道地一角,母鸡公鸡在青石板铺成的台阶上悠闲地散步。我闻到了灶膛里松毛枝烧出的呛人烟味,闻到了锅里番薯、芋头和南瓜散发出的香气。捧着粗瓷大碗的老伯在屋檐下向我打着招呼:"吃了吗?""吃了!"那碗里苞芦粉做成的"糅"正冒着热气。有时跟着母亲上门家访,学生家长就会请我们喝用土制茶叶泡的茶水,说着"老师着力了"的客气话,然后摸摸索索地拿出几个鸡蛋,抵交孩子的书簿费。

　　那时我正处于好动的年龄,喜欢和村里的孩子们在田野上奔跑。尤其在春天,我经常跟一个叫葛主平的小伙伴去放牛。牵着水牛,赤足走在田埂上,脚底感触着泥土的清凉,扑鼻而来的是刚刚翻耕的土地散发出的新鲜气息,映入眼帘的是水田里男女社员正在鸡啄米般地插秧。或者骑牛走上山坡,任牛儿懒散地啃食刚长出的鲜嫩草叶,我们几个则将山野当作舞台,自编自演捉特务的戏码,直至

暮色四起，才吆喝着赶牛回家。

受家家户户养殖长毛兔的影响，我也捉了两只小兔喂养。我在楼梯下放置兔笼，夏天里每日打扫洗涮，保持兔笼的洁净干燥；秋天来临的时候，将采集的青草晾干储存，留作冬天的饲料。我养的兔子体壮毛长，两月一次剪下兔毛以后，送到梁皇收购站出售，每次都能卖出最高等级的价格。记得第一次剪下的兔毛卖了两元多，这也是我第一次赚钱，第一次收获劳动的喜悦。

我还喜欢在村子里漫无目的地行走。我看到村头苔衣斑驳的墙壁被涂上石灰，用艳丽的色彩画着"学大寨远景图"，图画里的"大寨屋"排列整齐，新屋周围不知名的花朵正在盛开，田野上麦浪起伏，一个脖子上系着白色毛巾的姑娘，昂首挺胸开着手扶拖拉机。每当看到这幅图画，年少的我就在想：这个理想实现的时候，我会是多大年纪？有时我也会抬头看看午后的天空：瓦蓝如海，流云似水，但远远的天边似乎有隐隐的雷声。

这就是我生活过的二十世纪六十年代的大郑村：有袅袅炊烟，有闪闪繁星，河水清澈，天空澄碧，村庄安详，人们善良。

今天我想起这些，仍然会感到激动，但心里又觉得有一丝苦涩。

是谁在呼唤我的名字

我从宁海南门一家饭店的窗口朝外张望,只见秋日的阳光柔和地铺洒下来,远山近树和徐霞客大道都沐浴在淡淡的金黄之中。远处有南门溪流过,溪水在太阳下发出碎银般的光亮,但听不到流水的声音,周边宁静而安详。

一群人从横跨在溪水之上的廊桥下来,大约有十五个吧,慢慢地朝着我所在的方向移动。他们是谁?是我等待的人吗?

人群越来越近,已经走在徐霞客大道的斑马线上,男男女女的身形清晰可见,但我仍然不知道他们是谁。

人群走到了马路的这一侧。我辨识着他们的容颜,隐隐约约似曾相识,但还是不能确定他们是谁。

突然，人群中有声音在喊我。

是谁在呼唤我的名字？！

我侧耳细听，分不清这声音是男是女，是年轻还是苍老，但可以肯定这是我熟悉的声音。

四十多年前，我高中毕业后，摆在面前的唯一出路是下乡插队。我选择了宁海县青珠农场，心想这是一家国营农场，有基本工资的保障，总不至于饿肚子。更因为正值青春年华，受屯垦戍边的文学作品影响，向往集体生活，期望能像兵团战士那样，驾着铁牛，诗意地驰骋在蓝天之下大地之上。于是，1976年的春天，一辆长途客车将我送到了三门湾畔、黄珠山下。从下车的一刻起，我就听到了这个声音，有时是男声有时是女声，有时亲切有时严肃，有时高声有时低语，和海浪涛声一起，伴随我度过了两年的农场岁月。

青珠农场创建于1956年。这里原先是茫茫海涂，建场之初仅有从全省各地抽调的二十六名职工以及二百三十多亩土地。经过几十年的围垦，当我到来的时候，这里已经沧海变桑田，不，应该说是沧海成了棉田。农场的主要任务就是在五千亩围垦而成的土地上种植棉花，为国家提供优质皮棉。

农场有近一千人口，分三个居住点，我被分配到场部

第一辑 乡音乡情

所在的西关二队。在一望无际的棉田上,我和农工们一起,播种、间苗、削地、治虫、攀木档、打花脑、摘棉花、守晒场,是这个声音让我熟悉了种植棉花的各道工序;也是这个声音,向我传授着干好各种农活的技巧。每一种农活看起来都不累人,但干起来才知道个中辛劳。就说治虫"打药水"吧,有三种形式:一种是单兵行动。一个人背着几十斤重的扁形铁皮农药桶(我们称之为"背包"),一手拉动泵杆,一手喷药,不等桶里的农药喷完,早已肩也疼手也酸。另一种是"双打"。两人抬着装满农药的木桶,后面的拉杆,前头的喷药,这种形式讲究协调,如果配合不好,拉前扯后,就会更加劳累。再一种是大兵团作战,称为"打机器药水"。手拉车上放着机器,沿着棉田中间的道路朝前拉去,有专人不断地往机器里添加勾兑好的农药;机器的两边各连着一根长长的皮管,每根皮管上安装了二十四杆喷头,四十八个人肩扛皮管,随着手拉车的速度,在棉花地垄间行走,边走边挥动喷杆,喷出的农药如云似雾,蔚为壮观。这种方式比其他两种稍微省力气,但必须步调一致,不允许"拖后腿"。无论用哪种形式治虫,喷过农药的棉花枝叶,就像雨淋过一样湿漉漉的,我们在棉花丛中穿行,衣服浸透了农药,如果刮来一阵风,整个人都会被农药的水雾所笼罩。

是谁在呼唤我的名字

　　繁重单调的农活难免消磨人的意志。尤其是在火辣辣的太阳下，抬头看着总也到不了边的棉田，厌倦情绪就像风中的火苗，一簇一簇地从心底升起，越发感到手中农具、肩上"背包"的沉重，盼望着早一些下工。这时，这个声音就会响起，有时是一段故事，有时是一个笑话，嘻嘻哈哈激起一片笑声。毕竟年轻，只要有笑声，心中的烦恼便会随风消散。

　　也是受这个声音的召唤和鼓动，那年的初冬，我和几个青工一起组成青年队，去了新围垦的"四胜塘"，在盐碱地上试种水稻。相比于种棉花，水稻田的劳作更为艰辛。我们冒着凛冽的寒风，拉着皮尺，就像在白纸上画格子，将一百亩高低不平的海塘地分成二十块，然后挥动铁锄、挑着装满泥土的畚箕，修筑道路、平土垒堰，往往是汗水湿透了内衣，脸孔和耳朵却被冷风吹得生疼。没有淡水，就打井引地下水用于灌溉。盐碱地坚硬如石，灌水以后却又黏性十足、泥泞无比，脚踩下去便会深深地陷入其中，泥水中夹杂着淡化土壤盐分的植物"咸青"割去后留下的梗子，一不小心就会刺伤脚底。

　　农场广阔的土地上并没有想象中的铁牛驰骋，水田里的耕耘犁耙，主要还得靠几千年沿袭的木犁老牛。记得第一次学耕田，犁杖在我的手里总是不顺当，越耕越深。我以为太深就需要把犁杖抬高一点,结果事与愿违,犁杖抬得越高,犁头入土越深。耕了一圈半光景,犁头深得实在不行了,我却仍一个劲地赶牛;牛也拉不动了,便使劲地挣扎,结果只听得"啪"的一声——犁断了!就在我扶着断犁茫然无措的时候,这个声音又响起来了,既是安慰也是教诲,使我明白了掌犁的窍门。

那段时间我经常流鼻血,劳动时口袋里带着止血的棉花球,一旦流血就跑到田埂上仰面躺下。日子虽然艰苦,但精神照样抖擞,我提笔在日记里写道:"艺术家的画描在纸上,我们的宏图绘在海滩;一把银锄,一支笔杆,添彩润色的是滴滴热汗!"但光有激情并不一定能收获硕果,早稻收割后一算,亩产只有六十公斤。青年队的伙伴们为要不要坚持种水稻争论不休,我的情绪也像潮汐般起落不定。一个声音在问:失败了吗?失败了。在盐碱地里种水稻,既没有技术支持,又匆忙上马,产量不高是必然的。另一个声音也在发问:真的失败了吗?没有!我们毕竟在盐碱地上种出了稻谷,更是用青春和汗水,得到了从冲动到冷静、从浪漫到务实的人生体验,这不能不说也是一种收获。

1978年春日一个天边飞霞的傍晚,我收到了大学录取通知书,低矮的宿舍里,祝贺之声不绝于耳。那个傍晚,我和青年队的队长、也是我的室友谢鹏远一起，走上了"四胜塘"的堤坝，在晚潮拍岸的声音中并肩而立。就在这道堤坝上，我和谢鹏远曾经有过许多次海阔天空的长谈，既有青春的激情和迷惘，也有对未来的憧憬和向往。而在这离别前夜，我望着堤坝内曾经挥汗劳作的水稻田，想着两年来的农场生活，一时间难以厘清思绪。是留恋农场的日子吗？不是！我们这代人在应该读书的年龄，却不得不离开学校和父母，在贫瘠的土地上从事繁重的劳动，失去了科学和知识的滋养，这样的日子不值得留恋。那么，是后悔农场生活吗？肯定不是！在这里，我懂得了劳动的艰辛，结识了淳朴的人们，他们在稻田之中、棉田深处躬身耕作的身影，让我看到了怎样才是应有的人生姿态：既然命运将我派遣到这里，就要将此作为安身立命的地方，勤勤恳恳做好每件事，认认真真过好每一天。这并不是对命运的屈服，而是在无可选择的人生道路面前，一种积极的生活态度。那天傍晚，在三门湾经久不息的涛声中，我告诫自己：虽然新的时代改变了我的命运，人生之路就要开始新的一程，但这片土地给予我的，值得记住并永远珍惜。

……

人群离我越来越近，那呼唤之声还在响着。我盯着他们仔细辨认，虽然这些显现皱纹的面容、露出白发的鬓角使我觉得陌生，但可以确定，呼唤我名字的，就是记忆中的那个声音——

就是那个手把手教我农活的声音。

就是那个用幽默和风趣驱散我心中烦恼的声音。

就是那个鼓动我去青年队的声音。

就是那个在扶犁耕耘、挥镰收割时为我鼓劲的声音。

就是那个在我生病时嘘寒问暖的声音。

就是那个在挫折面前告诉我怎样对待成功与失败的声音。

就是那个在海塘堤坝上和我并肩交谈的声音。

就是那个看着大学录取通知书伸出双手向我表示祝贺的声音……

岁月倥偬，山高水阔。自从离开农场，这声音，隔着茫茫烟云，隔着时间和空间，慢慢地变轻了、变淡了，就像墨迹斑驳、纸页泛黄的日记，被我装进了记忆深处。而今天，在金秋的阳光下，这个声音穿越四十多年的时光，带着一代人的沧桑，再次在我的耳畔响起！

我不再犹豫，向着人群迎了上去，朝着呼唤我的声音走去……

第二辑

风的痕迹

如果用风吹大地比喻时代掀起的波澜，留下的痕迹便是历史；如果将人的经历看成像风一样流动，人生轨迹同样起伏不定。

　　我生活在时代之中，风留在身上的痕迹难以磨灭；我在时代中生活，我的人生轨迹也便成了风的痕迹。

乡村学校

我的母亲是小学教师,我儿时跟随她在几个村庄辗转,先后读过两所乡村学校。

第一所学校叫小汀小学。小汀是一个村的名字,但小汀小学却办在一个叫上店的村子旁边。学校是一个独立的四合院。校门前有一条小河,走过石板铺成的小桥,迎面是二十世纪五六十年代常见的拱形校门,拱门顶端是一个五角星,下面写着"宁海县前童公社小汀小学"。

跨进校门,首先看到的是木板制作的照壁,上面经常随着形势的变化贴着不同内容的标语。照壁后面是门厅,门厅两边分别是男女教师宿舍。站在门厅可以看到一个长方形的院子,长的两边安排了四个教室,其中一边两个教室的中间,也就是正对门厅的位置,是师生集会的场所;窄的两端,一端是教师办公室,另一端没有房子是墙壁。从门厅往前走,一条石子路将院子分成两半,院子里种着鸡冠花、牵牛花、月月红等一些花草。

办公室的一角是偏屋,用作教师餐厅和厨房。厨房外面是一座年代久远不再使用的石拱桥,桥的旁边有一棵大樟树,有风吹过的时候,便会发出沙沙的声响,赭红色的树叶和深紫色的树籽掉落一地。办公室面向院子的窗外是一棵大柳树,树上挂着一口铜钟,连接铜钟的绳子穿过窗户系在办公室里,到了上下课的时间,一拉绳子,悠扬的钟声便在校园里回荡。

小汀小学是一所"片校",校长除了管理自己学校,还承担着领导片区里其他"村小"的责任。小汀小学也是一所"完小",一至六年级齐全,但一至四年级是复式班,一个教室里坐着两个年级的学生。学校除了校长,还有四个教师,每个教师一专多能,要上好几门功课。

我跟着母亲到小汀小学是1963年,那时候还只有六周岁。白天上课时间我无事可做,也没人一起玩,就坐在办公室照着课本写字,做母亲布置的算术题。一次,在办公室值班的老师临时有事离开,嘱咐我壁钟的分针到哪个位置的时候就帮他敲响下课钟。领到这个任务,我心里非常激动，在接下来的时间里，眼睛始终盯着壁钟不敢移动。当分针到达指定位置的时候，我伸出颤抖的手，勇敢地拉动钟绳，响亮的钟声顿时响起，下课的学生冲出教室，整个院子变得喧闹无比，我的心里也充满了成就感，觉得自己当了一回老师。

到了晚上，母亲总是要去夜办公，为了哄我一个人睡觉，就从床底下拿出一个鸡蛋——学生用来抵交学费、母亲将其买下的鸡蛋，用织毛衣的竹针戳一个洞让我吮吸。喧闹的校园、寂寞的夜晚，伴随生鸡蛋的味道，留在我少年的记忆里。

那一年秋季开学的时候，担任一年级班主任的柴晓云老师要我帮她把新课本搬到教室去，到了教室，正好第一排有一个空位，柴老师说，你就坐下上课吧！就这样，我提前成了一年级的小学生。

我清晰地记得语文课本的第一课是"日月水火，山石田土"，然后是"人手足口耳目""上下左右，大小多少"，读着、写着这些方块字，我的身心充满愉悦，每一次考试都成了我收获欢乐的时刻。有一次语文考试，我将"苦"写成了"若"，被扣掉一分，心里难过了很久。因为是复式班，老师给另一个年级上课的时候，就安排我们做作业；有时边做作业边听老师讲课，往往把另一年级的课也学会了。有时思想也会开小差,望着窗外的田野、山丘和天空沉入遐想,少年之心随着飞向远方。

唱歌课也是我喜欢的课。印象最深的是一首叫《劳动最光荣》的歌:"太阳光金亮亮,雄鸡唱三唱,花儿醒来了,鸟儿忙梳妆,小喜鹊造新房,小蜜蜂采蜜糖,幸福的生活从哪里来,要靠劳动来创造……"唱着这歌,仿佛真的看到雄鸡在阳光下引吭高歌,花儿在晨风中绽开笑脸,喜鹊登枝,蜂飞蝶舞,整个世界都向我敞开怀抱,黑板上方"好好学习,天天向上"的领袖教诲,也理所当然成了我的努力方向。最让我兴奋的是那年举行全公社小学生汇演,我和几个同学穿着白衬衣、蓝裤子,两腮抹红,在古镇前童的戏台上载歌载舞表演《洪湖水浪打浪》,虽然不尽明了洪湖在哪里,但远方的湖水拍打着我幼小的心房,我激动得几天难以平静。

到了三年级的时候,母亲调到同一片区的大郑小学,我也随之转学。大郑小学是个"村小",只有一至四年级,也是复式班,两个教室、两个教师。学校办在一座祠堂里,祠堂一角还开了一家供销社的代销店。祠堂的门口是一片空地,空地的尽头是一条流动缓慢的小河,小河的旁边同样有一棵在浙东乡村都能见到的大樟树。

与小汀小学相对封闭独立的校园相比,大郑小学实际

第二辑 风的痕迹

上成了村民的集散中心和活动中心。白天会有人扛着农具从祠堂里穿过,夜晚年轻人就会在学校聚集,或聊天或打牌或唱歌,大队干部会议、社员大会也都在教室里召开。学校的另一位老师葛桂妹是本村人,吃住在家里;母亲和我还有弟弟就自己开伙仓,家就在学校,学校也就成了家。

大郑小学没有铜钟,上下课用吹哨子作为信号,尖锐而急促的哨音响起,学生们就会像小鸟一样,或放飞或归巢。同学们除了少数来自邻村"山朱胡",大多数是本村人,上课是同学,下课是玩伴,一起采果拔草,一起放牛养兔。我叫得出村里每个人的名字,可以随便进出每一户人家,我也俨然成了大郑人。

我最盼望的是新学期开学时发新的课本,捧在手里翻开来,有一股淡淡的油墨香味。同学们都会用旧报纸将新书的封面小心翼翼地包起来,如果谁能找到一张旧画报的彩纸作封皮,肯定会引来小伙伴们艳羡的眼神。到了四年级的时候,红塑皮的《毛主席语录》成了所有年级的教材,也就不再需要包书皮了。然后是读薄薄的白封面的单行本——被称为"老三篇"的《为人民服务》《纪念白求恩》《愚公移山》。张思德、白求恩和愚公成了英雄人物的标准样本,安塞深山里的炭窑、遥远的加拿大和愚公决心移走的太行山、王屋山，成了神秘而令人向往的地方。

学校组织了夜呼队，同学们每天傍晚排成队沿着村道呼喊口号，宣传来自北京的"最高指示"，也提醒家家户户"小心火烛、注意安全"。这时往往正是晚饭时间，村民们听到呼喊，就会捧着饭碗站在闾门前或者大樟树下观看，我们的心为之兴奋，口号也就喊得更加高亢激昂。

五六年级我又回到小汀小学。但不知为什么，对这两年的经历记忆模糊，已经想不起更多的细节，甚至有没有读完六年级都记不清楚。只记得一次吃米糠和南瓜叶煮成的"忆苦饭"，为了急于表示自己的忠心，抢先吃了一口，恰恰老师要我上去指挥同学们唱《不忘阶级苦》，结果"忆苦饭"还含在嘴巴，发出的声音含糊不清，引起哄堂大笑。

大家已经不再关心学习成绩，因为中学已经停止招生，学习成绩好与差结果都是一样。我也不再为写错一个字而难过，作文课上字迹潦草地从国际形势写到国内形势，每个同学仿佛都成了理论家、政治家和哲学家。

在"心事浩茫连广宇"的同时，"少年不识愁滋味"，我们这些村野的孩子，不再受教室和课本的束缚，纵情地在田野上奔跑，肆意地打闹玩笑，少年天性自由而野蛮地生长……

那个夏日，那片田野

七月，风从远处吹来，早稻田掀起了金色的波浪。

一年里最忙的"双抢"季节到了。学校放了农忙假，学生们去生产队帮助割稻插秧。

太阳还在东山的后面，一群少年睡眼蒙眬，踩着露珠来到田边。他们非常兴奋，弯下身躯，舞动镰刀，唱着"大刀向鬼子们的头上砍去"，那稻秆真的就像电影里不堪一击的鬼子，成片成行地倒在身后。

太阳一点点地升高，很快就开始施展它的淫威。脚下的水田变得滚烫，风却不知在哪里躲藏。少年的手臂已经被稻叶划出了深深浅浅的印痕，蚂蟥叮咬过的小腿留下了蚯蚓般的血迹。腰肢变得僵硬，挥镰的手似有千斤重，动

第二辑　风的痕迹

一个人无论走了多远多久,心里总会惦记出发的地方。在之后的岁月里,我上了中学,上了大学,但始终忘不了这两所小小的乡村学校。因为这两所学校留下了我求学的最初足迹,在那里我写下了最早的横竖撇捺,无论笔画正斜,都对我的人生产生了难以抹去的影响。

作也越来越慢。汗水如注，蒙住眼睑，很快就湿透了衣襟，这时才真正懂得了"汗流浃背"这个词语如何解释。抬头看看前方，田埂总是遥不可及，于是开始想念课堂，想起背书、抄写的日子是多么美好！

少年拖着疲惫的双脚走回家中，平日淡而无味的井水喝到口里竟然是那么甘甜；捧起妈妈递过来的饭碗，突然就想起了课堂上读过的古人那首悯农诗，每吃一口饭，都像吃进了"辛苦"两个字！

午后的村庄经受着烈日的暴晒，蝉的叫声时近时远、隐隐约约，少年放松四肢享受着蒲扇制造的清凉。突然响起的雷声惊醒了少年的甜梦——只听见生产队长在焦急地呼喊，村道上响起一片纷乱的脚步声，少年连忙起身，跟随人们去晒场收拢晒着的稻谷。少年想：这真是一场战斗啊！雷声隆隆恰似炮声轰鸣，电光闪闪就像硝烟弥漫！于是，浑身都充满力量，觉得收进的每一箩稻谷，都是从敌人手里夺回的胜利果实。

经过雷雨的洗涤，酷热慢慢收敛。少年走向雨后的田野，竟然看到天边升起了如拱桥一般的彩虹。收割后的稻田经过翻耕，并且灌满了水，在斜阳的映照下，就像波光粼粼的一面湖水。一行人挑着湿漉漉的晚稻秧苗，沿着田埂走着，远远地看去，就像一排展翅的大雁。还有几个人正在往水田里抛秧,双手起落之间,画出了一道道漂亮的弧线。

少年跟着大家下到田里一字排开,左手拿起一把秧苗,用右手扳了几株,就像握着绿色的毛笔,开始在泥水中书写。开头的时候动作拘谨,就像一笔一画地写着楷书,而且落笔有点歪斜;慢慢地就快了起来,动作变得迅速圆滑,就像写着流水一般的行书。少年一步步地往后退去,留下了一簇簇、一行行刚插的禾苗,有人直起腰一看,惊呼道:这真像一排排字啊,今天的作业就写在水田里了。

慢慢地,太阳滑下西山,月亮升起来了。月光本来是均匀地洒在水田里,但被一双双插秧的手打碎后,便四处漾开,成了一道道光晕。晚风徐徐吹过,带来了周身凉爽。这时,不知是哪个角落有青蛙在叫,马上有另外的青蛙应和,田野四处顿时响起了蛙的大合唱。

那个少年就是我啊。若干年以后,不再是少年的我读到了一句古诗:"稻花香里说丰年,听取蛙声一片",情不自禁地就想起了二十世纪六十年代那个夏日、那片田野,想起了田野上被风吹起的稻浪,想起了烈日、雷雨和月光之下的蛙声。可惜那时读书太少,还不知道有一首这样的诗。

公社年代的拖拉机

《公社年代的拖拉机》——当我从一本书中看到这个题目的时候,心里"咯噔"了一下。它就像一副犁铧,划开了坚硬的岁月之壤,一辆红色的手扶拖拉机从我的记忆深处轰然而来。

那是在遥远的1968年,一个真正的公社年代。我跟随担任乡村教师的母亲,生活在一个叫大郑的村子。村庄西侧的马鞍山,两头耸起中间凹下,既像一副马鞍,也像母鸡张开的翅膀;几十户人家的屋舍坐落在山的旁边,远远地看去,就像是母鸡护卫下的一只只鸡雏。村口有一棵大樟树,树干粗壮,枝叶繁茂,犹如一柄高高擎起的巨伞,为聚集在树下谈天说地的人们遮挡着烈日和冷风。

那时，大郑村和所有农村一样叫生产大队，唯一不同的是，大郑大队在种植水稻、小麦、玉米、番薯的同时，办起了集体兔场，并因此小有名气，不少地方都组织人员前来参观。每到这个时候，设在祠堂里的小学校便腾出来供参观者休息，课桌凳子搬出教室，在天井里摆成一排，上面放着脸盆毛巾和粗瓷大碗，几个面容姣好的女社员穿梭其中，忙着提壶续水。县长也来到了村里，当着社员的面许诺奖励一辆手扶拖拉机，要将这里作为农业机械化的试点。这消息就像一道闪电划过村子的上空，每一个人都像自己受到奖励一样，奔走相告，兴奋难抑。

在之后的日子里，大樟树下的议论中心就是拖拉机。人们相互询问拖拉机什么时候来，纷纷猜测拖拉机是什么样子。为了选谁当拖拉机手，大队开了几个晚上的会议，但还是没能定下来。家庭成分要好，这个条件毋庸置疑，肯定要贫下中农出身，连富裕中农都不行。但符合这个条件的人太多了，这个村连一户富农都没有，更别说地主。有的主张选"铁姑娘"，因为壹圆人民币上的拖拉机手就是女的，滚圆的脸庞，齐肩的短发，穿一身有着背带的工装，看上去英姿飒爽。但很多人不同意，认为女人适合在屋子里喂养长毛兔，风里雨里耕田犁地应该是男人的事。姑娘们当然不高兴，说"妇女能顶半边天"，但终究敌不过人多势众的男人们。最后选出的后生叫什么名字我早已忘记，只记得他的形象并不符合我对拖拉机手的想象，既不高大健壮，也没有浓眉大眼，就是一个很普通的农村青年。

拖拉机进村是在一个春日的傍晚。那天太阳还未完全沉入西山，晚炊的轻烟还萦绕在房檐屋顶，有人就早早地等候在大樟树下，急不可耐的小伙伴们更是爬到樟树的枝丫上朝远处张望。但一直等到暮色像烟灰一样笼罩四野，晚风吹得樟树叶子沙沙作响，还是不见拖拉机的踪影。人们七嘴八舌，叽叽喳喳，埋怨开拖拉机的小后生为什么不早一点上路。

在天色完全黑尽的时候，终于远远地出现了一束光。这是一束在那个年代很少见到的光，就像一盏移动的灯笼，但比灯笼更为明亮。慢慢地这束光成了一柄橘黄色的宝剑，刺破浓重的夜色，照亮了不断延伸的乡村土路。随着光亮而来的是隆隆响声，这肯定不是雷声，却像春雷一般激动人心。

我随人群朝着光亮和响声涌了过去，终于看清了拖拉机的模样。书上习惯将拖拉机比喻成"铁牛"，但出现在眼前的这辆手扶拖拉机更像一只"红钳蟹"：方方的水箱就像红色的蟹背，机身两侧长长的把手恰似两个伸出的钳子。那个在县里经过培训的后生，双手紧紧地握着两个"钳子","红钳蟹"便驯服地向前行驶。

大郑大队位于宁海西乡,离县城有几十里路程,几里地外的甬临公路是连接外部世界的唯一通道。那时的小村少年没有什么玩具,有的也只是陀螺、弹弓和铁环。我们上树掏鸟窝,下河捉泥鳅,在四季变幻的田野上寻找着乐趣,大自然就是一座体量巨大的"少年宫"。而去梁皇车站看汽车,也成了小村少年的一种娱乐活动。往往是几个小伙伴相约同行,打打闹闹、大呼小叫地走在去车站的路上,就像去赴一场期待已久的盛会。当漆成蓝色或绿色的铁皮客车在身边缓慢开过,大家便停步注目,从关着或开着的玻璃窗,看着车子里面一张张陌生的面孔,猜测着他们是从哪里来又要到哪里去。如果正好有一辆客车或货车在车站停靠,几个人便相互掩护,偷偷拔下汽车轮胎充气阀上的套子。这些拿回来充当毛笔套的透明塑料管子,成了同龄人羡慕的"奢侈品"。

自从有了手扶拖拉机,我们就不再去公路上看汽车了,而是周边大队的人来村里看拖拉机,都想看看"农业机械化"是什么样子。村里人去前童街"赶市",经常被人问起:听说你们大队有拖拉机了?这使大郑人尤其是大郑的少年们心中充满了自豪感,在外村人面前似乎有了更多骄傲的资本。平日里,小伙伴们总是有意无意地围着拖拉机打转。每天一大早就有人趴在仓库的门缝张望,看拖拉机有没有开出去;拖拉机去加水了,有人殷勤地跑在前头去小河里提水;拖拉机要加油了,有人忙不迭地拧开油箱盖子,闻着颜色浑浊的柴油散发出的气味说:"真香啊!"

春耕开始了,细雨迷蒙的水田一片忙碌。耕田的社员手扶犁杖,一边脚步蹒跚地跟在水牛或黄牛的后面,一边唱歌一样发出声声吆喝;插秧的男男女女手持秧苗不停起落,嘴里却东拉西扯没有闲着,往往能惹起阵阵笑声。而拖拉机发出的隆隆响声,盖过了扶犁赶牛的吆喝声和插科打诨的说笑声,穿过雨雾,传得很远,使沉寂的田野有了不同于往常的声音。少年们借拔兔草的机会,纷纷跑到田头看拖拉机耕田,并在作文课上写下大同小异的文字:"社员在水田里开着拖拉机,就像威武的战士在海洋上驾驶着军舰。拖拉机锋利的犁头像战士手中的武器,一路过去,田里的泥土和草子(紫云英)就像敌人一样,被翻了起来又被压了下去。不一会工夫,一块田就耕完了,一场战斗结束了!我在心里暗暗地下了决心:长大也要当一名拖拉机手。"

手扶拖拉机后面有一个兼顾运输的拖斗,因此也成了小伙伴出行的"座驾"。经常可以看到拔兔草的少年手挽竹篮等在村口或路旁,当往地里运送猪粪牛粪的拖拉机驶来,就一个鹞子翻身跃了上去。拔草回来遇到拖拉机从地里返程，便顾不上篮中青草有倾覆的危险，跳上去在拖斗里挤成一团。更多的时候，少年们喜欢单脚站在拖斗侧面的檐板上，另一只脚悬空，伸展双臂做出飞翔的姿势，任凭田野的风吹拂敞开的衣衫和稚嫩的脸庞，一路洒下肆意的欢笑和喊叫。

时间已经过去了那么久，但我似乎仍然可以听到那群少年欢叫时留下的一缕余音。可以想象，当酷热的正午吹来一阵风，当沉闷的日子响起一支歌，这阵风和这支歌便会令人激动。公社年代的拖拉机，就是我少年时代的那阵风和那支歌。

近些年我曾几次回到有着我少年足迹的小村庄。大郑大队早已改称大郑村，当年在老屋墙壁上用石灰水写下的"一定要实现农业机械化"的标语，已经难觅痕迹；昔日偏僻闭塞、因为一辆手扶拖拉机而人人雀跃的村子，轿车已经进入寻常农家。我当然早就明白，一辆拖拉机不可能从根本上改变一个村庄的耕作方式，只有生产力的真正解放，才能让农民过上好日子。但在人民公社消逝已久的今天，当我看着村旁那道依旧苍翠的山梁和铺满庄稼的田野，当我在村路上和似曾相识的村民打着招呼，在村口的樟树下又一次聆听风吹树叶的声音，一辆红色的手扶拖拉机总在脑海中拂之不去，成了照亮我少年往事的一束光。

车岙港畔的友谊

我最初去车岙是在 1970 年。那一年,初中改为春季招生,小学毕业已经失学半年的我,按理应该在家乡桑洲上中学,但因为所谓的家庭成分问题,桑洲中学对我关闭了那扇并不沉重的大门。这时,远在宁海"东路"的长亭公社车岙大队要开办初中,我舅舅被介绍去当代课教师,这也给了我继续上学的机会。于是,十三岁的我,将仅有的几件换洗衣服装在一个帆布旅行袋里,第一次出远门,踏上求学之路。

从桑洲到车岙,是从宁海的"西路"到"东路",有将近一百五十里路程。我们一早出发,先是乘车到县城,然后转车到长街,接着再走将近二十里的沙石路,到达车岙时已经是薄暮时分。

车岙村处于白岩山麓，村庄被山峦三面环抱，另一面是二十世纪五十年代围堵而成的车岙港水库。我们进村的时候已近傍晚，水库白水汤汤，烟波浩渺，夕阳在村后的山头似沉未沉，余晖映照水面，反射出柔和的光晕。我们沿着小溪旁边的村道，一路打听着走向学校，村道两边的农舍飘出诱人的晚炊味道，整座村庄弥漫着安详宁静的气氛。

学校办在山脚下，与祠堂和庙宇为邻。两排房屋，一排是教室，一排是厨房和教师宿舍。这里原是车岙小学，为了解决毕业生上初中的需要，办起了"戴帽"的初中班。学生除了本村的，还有来自邻村西岙，甚至有来自象山县马岙公社的苏岙和里坑村的，大约是为了体现村与村、县与县之间的良好关系，所以将校名定为"车岙友谊学校"。

初中班有三十五名学生、两位教师，除了舅舅，还有一位老师是杭州下乡知青方德志。对同学们来说，我是外来的，而且来自"遥远"的地方，所以对我产生好奇；而对我来说，这里的村庄、学校、同学都是陌生的，所以感到新鲜。现在想来，上课的记忆已经模糊，浮现在脑海的是和同学们相处的情形。

和我关系最为亲密的是陈云川。云川大我两岁，长得

高大威武，在我看来已经是"大人"，我就成了他的"跟班"。云川的家在西岙，和车岙隔着一座小山。有时舅舅去长街开会晚上不回校，云川就留下陪我；星期天我不可能回家，有时就跟着去他家。在我的记忆中，云川的家是一所老宅，一条墙弄潮湿幽静。在村子周边走动，他指点给我看那些古祠堂、古牌坊、古石碾、古道、古桥、古墓、古寺，给我讲"父子三御史，一门四进士""三十六位在京官，三斗三升芝麻官"的故事。我虽然懵懵懂懂，但在这些古迹之间穿行，心里就有一种肃穆的感觉。多年以后我才知道，西岙名列第二批中国传统村落，也是浙东保存宋代地面文物最完整的村庄，一处处古迹默默地伫立了千百年，那横卧山溪的古桥，那砖瓦斑驳的古祠，那孤寂落寞的牌坊，都记录着往昔岁月。每每读到关于西岙的报道，听到关于西岙的消息，我就会想起云川，想起当年他带着我在村子里行走的情景。

俞勤建是初中班班长，淳朴厚道、成熟老练，是我学习上的伙伴和对手，每次考试，我俩的成绩总是不差上下。勤建是车岙本村人，课余时间我们经常在一起。那时还是生产队体制，有的星期天我就跟着他去参加集体劳动。记得有一次我们乘着木船，穿过车岙港水库去对岸山上挖洋芋。这是一种无篷无帆、依靠人工撑划的小船，人一踏上去船就晃动。我是来自山区的"旱鸭子",船在水上漂浮游走,心里便感到阵阵慌张,生怕一不小心掉到水里,于是就紧紧地拉住勤建的手。水在荡漾,船在荡漾,心在荡漾,这种既紧张又刺激的体验,长久地留在少年的记忆里。

车峦村并不大,我这个"外来户"就格外醒目,没过多少时间,大部分村民都认识了我。我在村里走动,经常会听到有人喊我的名字;有时候我会在同学家里留宿,他们待我就像是对待远道而来的亲戚。我曾跟着小伙伴在村后的山上采摘野果,也曾在学校后面的山塘游水嬉戏,那棵冠如华盖的古樟,那片灿若云霞的桃花,都曾写进我的作文,留在我的梦里。

一个学期结束后,母亲将我转学到桑洲中学。日月如梭,在时光的长河里,不断地有新的同学、同事和我交集,我也慢慢淡忘了过去的一些人与事,但在车峦友谊学校结下的友情却一直伴随着我。1976年,我下乡插队到青珠农场,云川和勤建等五六个同学专程骑车来看望,我们在简陋的知青宿舍促膝而坐,一起回忆少年趣事。我与云川和勤建在很长一段时间里都还保持通信,交流彼此的学习、工作和生活情况。

我也一直把车峦村和当年收留我的车峦友谊学校记在心里。2018年6月,时隔四十八年,我又驾车去了车峦。

白岩山依旧苍翠，车岙港还是水波潋滟，车岙村却已经焕然一新。记忆中穿村而过的小溪不见踪影，当年引我进村的石子路似是而非，我在村口迷路了。经热心村民的指引，我见到了老同学王如土，并且又联络上了在长街的云川和勤建。

在如土的带领下，我在村里寻觅当年的遗踪。车岙友谊学校几经变迁早已撤销，旧址上新房矗立，不知是有心还是无意，在新房之间竟然留下了半间教室，成了历史的陈迹和见证。我爬上山坡，当年嬉戏涤衣的山塘由于泥土的淤塞，水面变得狭窄，只有那棵老樟树仍然挺立，并且更加枝繁叶茂。望着这棵老樟树，望着这半间仅存的教室，往昔岁月依稀重现，我仿佛又成了十三岁的少年，提着帆布旅行袋，正在1970年的春寒中胆怯而又充满向往地走来，迎接我的是一群天真烂漫的少年。

月光遍地的夜晚

一

多少年过去了,我还记得那个月光遍地的夜晚。

那天的月亮是从乌头山升起来的。

那是1971年秋天的月亮,凄清,冷傲,但又带着不甘寂寞的姿态。

刚升起的月亮被山顶的松树遮蔽了,挣扎之间,月光就像流动的液体,从树缝倾泻下来,大水漫灌般在山上流淌,那些橡子树啊,毛栗树啊,还有柴草荆棘,全都被浸泡在银辉之中。

慢慢地,月亮爬出树梢,升上了天空。这时,山脚下的阴影一寸一寸地褪去，沿山的道路完全暴露在月亮之下，好似一根刚刚用水洗过的白色带子，明亮而清爽。路旁那棵樟树，硕大的树冠在徒劳地抵挡细密无形、无孔不入的月光。

乌头山潭就在大樟树的下方。这个由清溪拐弯形成的深潭，止住了溪水的喧哗，平静的潭水就像一面磨砂的镜子，在月下折射出朦胧的光晕。

潭边有一座磨坊，白天磨粉的人进进出出，巨大的木质水轮在流水的冲击下，发出咿咿呀呀的声响；此刻人走灯熄，水轮停止转动，稻草覆顶的磨坊，就像一头被驯服的巨兽，在月光的轻抚下，安静地蹲伏在潭水之上。

月光似水，水似月光。

二

月亮升起的时候，我在桑洲老街的"三层楼"等人。

老街的房子一间挨着一间，就像一群年迈的人结队而立。最高的就是"三层楼"了，在挤挤攘攘的队伍中，真有一种"鹤立鸡群"的感觉。我就住在"三层楼"，但我并没有优越感。这间老旧的房子已经病入膏肓，狭窄，幽暗，门窗都已移位，假如没有两边房子的倚靠，恐怕早就摇摇欲坠。

即便如此,"三层楼"还是成了一群少年的"据点"。这些十四五岁的少年,正是蓬勃向上的年纪,也是最不安分的年纪,追求时髦,跟随潮流,向往先进。报纸上号召工农兵学哲学,他们便积极响应,成立了"学哲学小组",经常在"三层楼"昏黄的美孚灯下煞有介事地学习讨论。

什么是哲学?不就是"矛盾论"和"实践论"吗?少年们很会活学活用。"事物都是一分为二的",少年就拿自己来分析:人都是既有优点又有缺点。"事物总是从量变到质变",少年就想起《半篮花生》中的那句唱词:"毛毛细雨湿衣裳"。《半篮花生》是正流行的越剧小戏,写夏收季节,生产队花生丰收,小学生晓华放学回家时,为队里拣回半篮"地脚"花生,关照妈妈"一颗也不能少"。妈妈知道晓华爱吃盐水煮花生,就想洗净下锅。哥哥东升误会了妹妹,责怪她自私,晓华委屈得哭闹起来。晓华爹看到篮里花生颗粒饱满,调查后发现是摘帽地主王有财想偷队里花生,故意把好花生当地脚花生埋在泥里。他和全家人带着问题学哲学,弄懂了"矛盾的普遍性和特殊性"。是啊,是啊,王有财拣地脚花生挖社会主义墙脚是特殊矛盾,但却反映出农村中普遍存在的两个阶级、两条道路的矛盾。学了哲学的少年豁然开朗,觉得已经掌握了斗争的武器,在阶级斗争的大风大浪中可以攻无不克、战无不胜!

但是在这个月光遍地的夜晚,少年们不想再坐在"三层楼"逼仄的阁楼里分析矛盾,他们渴望的是实践。

从乌头山升起的月亮,已经到了老街的上空,街道两边的房屋就像站立已久的老人,在迷离的月色中昏昏欲睡。

我在等人,等待少年们到来。

三

最先到来的是"猫"。当然不是真正的猫。"猫"是一个少年,他有一个兄弟叫"狗"。在小镇,将动物作为孩童的名字并非个例,内中隐含着朴素的愿望,希望孩子像这些低微的动物一样,勿需太多的养料就能成长。猫瘦小精干,学校排演样板戏《智取威虎山》"深山问苦"一场,他在其中扮演侦察兵,草绿的军装,白色的披风,在台上"急急风"行走,灵活而机警。

接着来的是"林"。林白脸面、高个子,颇有玉树临风的气度,是小镇少年中的"三层楼"。他乒乓打得好,曾经夺取全公社比赛的冠军,在一群少年中更是所向披靡。

"利"和"光"结伴而来。利出身于小镇望族,父辈有好几人早年参加革命。其叔革命胜利后晋京为官,虽被打倒，但声威仍在；其父在革命风浪中与组织失去联系，后来便隐居小镇。我曾经去过利的家，清溪旁一条花木掩映的小径，小径尽头是一道在普通人家难得一见的月洞门，跨过月洞门便是一个紫藤缠绕的小院。利的父亲倚坐在庭院中的一把竹躺椅上，身形单薄，眼睛半开半闭，手里拿着一本半开半合的线装书，从溪上吹来的凉风，轻轻拂动着他宽大的衣角。语文课上，葛老师讲解毛泽东诗词"不管风吹浪打，胜似闲庭信步"的时候，就以利家的那个庭院为样本，告诉我们什么是"闲庭"。

之后回忆起这个夜晚，我一直不能确定月光下有没有少女的身影。虽然1971年的秋天，少年都成了"小将"，颇有"敢把皇帝拉下马"的气概，但小镇的风气仍然不会允许少女们在月上中天的时候，一个人溜出家门。所以，那晚在月光下聚集的，最大可能仅仅是少男们。

四

在月光下聚集的少男们想干什么？

关于这一点，开始的时候意见并不统一。但是有一点是一致的，总要干点什么，否则就白白辜负了这大好月光。

去抓阶级敌人？但四周一片寂静，到哪里去找搞破坏的人?

还是利出来说话:"我们就踏着先辈的足迹,去爬山吧!"利因为家庭的缘故,在小镇少年的心目中自有分量,经他一说,大家就纷纷叫好。

小镇有着光荣的革命传统,早年间"亭旁起义"的人群中,就有小镇青年穿着长衫的身影。他们举着火把翻越麻岙岭、拉起队伍走向四明山的壮举,几十年后还在小镇人中口口相传。

麻岙岭太远了,四明山更是遥不可及,少年们只得舍远就近,决定从茅山里弄出发,进行一场夜行军。

五

一场月下行军就这样开始了。

茅山里弄是一条短短窄窄的墙弄。它的一边是小镇唯一的一家国营饭店,并不宽敞的店堂里放着几张看不出颜色的八仙桌。饭店闲日并没生意,有时就在门口架起一口油锅,现炸现卖几分钱一根的油条。市日的时候人们从四乡而来,一些赶市的人会到店里买一个馒头或吃一碗汤垂面。

据说早年间这里是小镇颇有名气的"同康店",在它的周边形成了海货市场，交易海盐以及虾皮、白鲞、海苔等海产品。来自天台、新昌等地的商贩在这里采购之后，就穿过茅山里弄，踏着石子铺成的山路，攀越黄茅岭，沿着扁担岗，通过王爱山岗的古道走向各自的去处。

当然，这些都是老话。海货市场早已凋敝，同康店易主后的国营饭店，在清冷的月夜也已关门落锁。少年们并不关心茅山里弄的前世今生，他们的心正被构想中的月夜行军所激动。

茅山里弄的尽头是"杏树脚"，因为一棵古老的杏树而得名。正是秋天时节，杏树金黄的叶片像蝴蝶般轻舞飞扬，落在地上，铺了厚厚的一层。树脚下有一口水井，白天，围着石板砌成的方形井栏，洗菜涤衣的人来去不断，一些姑嫂婆媳间的闲言碎语便纷纷扬扬，而此刻早已人去声息，只剩一地月色，寂寞而惆怅。

杏树脚还住着小镇的最高首领"夫"，他家的后门正对着上山的石子路。夫虽然是领导，但小镇人觉得他的娘更有威势。夫的娘土改时就已出名，后来历次运动都有她活跃的身影，少有笑意的脸孔带着威严，小镇人对她很是畏惧。正因如此，少年们到了杏树脚的时候，全都屏声静气，夜猫一样轻手蹑脚快速通过，直至杏树已被远远地抛在身后，才发出解放一般的笑声。

六

过了杏树脚,就要爬黄茅岭(后门山)了,这才算开始真正的行军。黄茅岭迂回曲折,但对小镇少年来说,爬山并不是难事,爬得快才是本事。这时,语文课上学来的"争先恐后""你追我赶"派上了用场,少年们嘻嘻哈哈间就爬到了半山腰。

半山腰有一条公路,小镇人习惯将其称为马路。这条从宁波通往临海的公路沙石铺面,平时并没多少汽车经过,到了晚上更是难得见到车的踪影。没有汽车的公路,在月光下显得宽阔空旷,少年们在路上肆意奔跑喊叫,有的甚至钻进路边的油桐树林攀枝登高,尽情宣泄着日益增多的荷尔蒙。

他们想起了几部反复观看的电影,诸如《地道战》《地雷战》《南征北战》《小兵张嘎》《奇袭》《打击侵略者》,便学着电影里的样子,分成两队,展开假想中的"打仗",公路俨然成了演兵场,杀伐之声在山野间回荡。

打仗累了,双方都自行宣布胜利,然后搂肩搭背,在月光下放声歌唱。唱得最多的是用毛主席语录谱成的歌曲,还有从样板戏里学来的唱腔,高亢的旋律加上少年尖利的嗓音,歌声就像磨快的柴刀,在月夜划出道道寒光。

七

少年们站在半山腰的公路上，回身就能看清整个小镇的模样。

小镇的背景是一道龙形的山脉，东面的乌头山是昂起的龙头，连绵青山就像起伏的龙身，一直向西逶迤到一个叫上山陈的地方，渐渐低落的山势在清溪边戛然而止，形成了龙尾巴。

小镇的先人倚山面水，在青山脚下、清溪北岸构筑起一条长街。这条蜿蜒在卧龙身旁的长街曾经十分兴旺，商家林立，店招张扬，成了周边三县的物资交流中心。这些少年出生的时候，老街已日益衰败，只有到了逢五逢十的日子，熙熙攘攘"赶市"的场面才使我们知道，老辈人口中的昔日景象并非虚构。

山风温柔，月色溶溶。站在半山腰的少年们发现，从乌头山到龙尾巴，竟然有着从未见过的宁静与安详。那些曾经有过的喧哗市声，还有闹革命的奔走相告，批斗会的声嘶力竭，"破四旧"的鸡飞狗跳，大游行的激情呐喊，全都归于无声，只有清溪对岸的村庄，隐约传来守夜的犬吠。

小镇就像一个沧桑老人，在月光下回忆着过往的荣光，也在默默地舔舐着身上的创伤。

当然，这是我在今日回想当初时的感慨，小镇少年并不会多愁善感。但在那个月光遍地的夜晚，少年们看着山下这座祖祖辈辈生活的小镇，一时间竟停止了歌唱，全都变得沉默，就这样静静地站立着，直到夜露悄悄降落……

八

这么多年我一直在想，1971年的那个晚上，对我的少年时代有着什么样的影响？

仔细想想，其实也谈不上有多大意义。

但是，多少年过去了，我还是记着那个月光遍地的夜晚。

在夜色中歌唱

小镇的夜是从广播响起开始的。

对！我说的是二十世纪七十年代初的那些夜晚。那时候，在这个叫桑洲的小镇，大多数家庭没有钟表，天上的太阳和地上的树影是最直观的时间参照物；后来有了广播，便代替太阳和树影，成了家家户户的报时器。广播这一传播方式，在小镇体现为"广播喇叭"。这种形状像纸盆的喇叭，往往出现在高高竖起的杆子上，或者挂在堂前屋檐下。在每天的早中晚，人们都会听到从这个"纸盆"发出的声音，广播响了或歇了，大家便知道现在是几点钟了。小镇的人们渐渐地也都按照广播的时间来调整生活节奏，时不时能听到类似的问话：某某娘哎，广播都响了，你怎么还

是谁在呼唤我的名字

不烧饭呢?

我住在小镇的老街上,家对面是"生产资料"。这里的"生产资料"不是经济学名词,而是一家为"生产"提供"资料"的商店,出售锄头犁耙、化肥农药,以及缸甏碗盆、五金物件。那时的我是一个刚上初中的少年,课余无书可读,也没处可去,家门口的"生产资料"便成了闲得无聊时经常光顾的地方。一次手拉车运输队在商店的街沿上卸下一批缸甏,凑热闹的我看到一口大缸破了一个洞,便好奇地伸手摸了一下破口,结果手指鲜血淋漓!但这"血的教训"并没有遏制我对"生产资料"的钟情,倒不是对那些"资料"有多大兴趣,主要的原因是商店门口的电线杆上挂着一个广播喇叭。

每到下午六时,杆子上的喇叭便响了起来。开始曲照例是那首由陕北民歌改编而来的《东方红》,在那个年代,这首歌代替了国歌的作用和地位,每逢集会,总是由这带着黄土气息的旋律开场,由另一首有着大海字样的歌曲结尾。广播响起的时候,小镇暮色四合,回家的人就像归巢的鸟,从山岗上、清溪边走向各自的家门,耕作的牛、放牧的羊也哞哞、咩咩地叫着进栏入圈,墙弄里接二连三响起母亲叫唤孩子吃饭的声音。老街在短暂的喧闹后归于沉寂,天色更暗了,电力不足的路灯闪着昏黄的光晕。

第二辑　风的痕迹

广播在响。先是县广播站的新闻节目，播音的女声讲着与小镇方言区别明显的"城里话"；接着是中央电台的"各地人民广播电台联播节目"，男女播音员用字正腔圆、铿锵有力的普通话，传达着来自北京的消息，告诉你国际形势和国家大事。每到整点，广播里的普通话都会报时，在很长一段时间里，我们这些小镇少年都将其想当然地听成"刚才最后一响，是北京时间几点钟"，直到有一次教语文的葛老师说，准确的应该是"北京时间几点整"，这才使我们恍然大悟。

我最为期待的是新闻之后的音乐节目，虽然小镇少年只知道有"唱歌"还不知道有"音乐"。那时，一批被奉为样板的京剧和舞剧开始登场，这些样板戏有着或高亢激昂或悠扬动人的唱腔，和时代氛围相互烘托，深深地吸引着少年。多年以后，我读到许多同代人的回忆文章，不少人说起那个年代总有这样的情景：在城市低矮的阁楼里，他们偷偷地从积满尘埃的角落翻出抄家漏网的黑胶唱片，将唱机的声音调到最小，几个脑袋凑在一起，提心吊胆地聆听贝多芬、莫扎特、施特劳斯和柴可夫斯基；或者是在杂乱的大院中，少男少女压低嗓音，学唱《喀秋莎》《山楂树》《红莓花儿开》……这些音乐和歌曲像细细的流泉，滋润着他们干涸的心田。这些描写很是让我羡慕，我并没有这样的经历。我和那个年代千千万万少年一样，无可选择地听着样板戏，并喜欢上了样板戏。

每天晚上，我站在"生产资料"前的电线杆下，在小镇浓重的夜色中等待样板戏的旋律响起，从中感受杨子荣穿林海跨雪原的豪情、小常宝字字血声声泪的悲愤、李玉和英勇不屈赴刑场的悲壮、李铁梅学爹爹心红胆壮志如钢的决心……也因此似懂非懂地知道了"西皮流水""二黄散板"等一连串京剧曲牌名词。广播里除了播放唱段，还经常播放样板戏选场，一次次地重复，使我能从头至尾背下一些剧目的对白和唱腔。

1970年的秋天，普及样板戏的潮流漫延到小镇，我所就读的桑洲中学，决定排练《智取威虎山》里的"深山问苦"，向国庆献演。

桑洲中学办在屿山脚下，校舍是一座类似祠堂的建筑，据说最早叫"霞楼庙"（俗称土地庙），有戏台，有天井，有厢房，桑洲人习惯称为"老校舍"，以区别校舍相对较新的桑洲小学。教我们唱歌课的是王育宁老师。王老师是女教师。每次上唱歌课，两个同学先去办公室将风琴抬到教室，上课铃响过以后，王老师翩翩而来，坐到风琴前，先自己把要教的歌范唱一遍，然后一句一句地让我们跟着唱。王老师唱歌的声音很好听，有时即便不上唱歌课，她也会

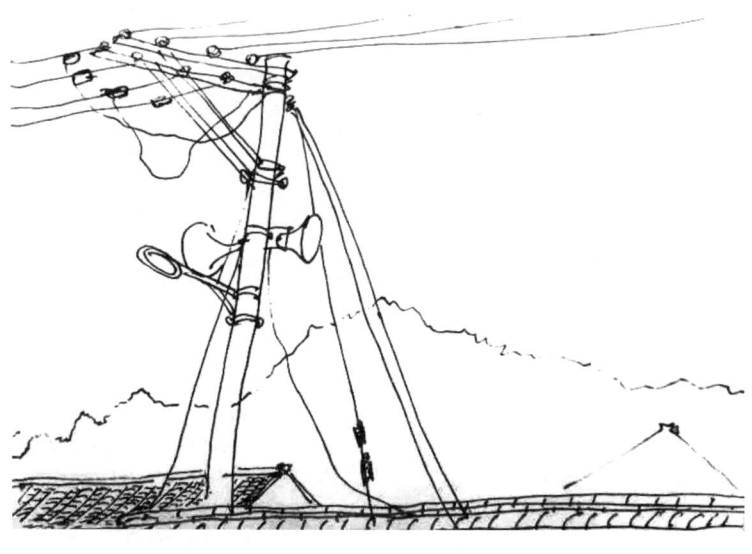

一个人弹着风琴歌唱。印象最深的是,一次学校已经放学,她一个人坐在戏台上,边弹风琴边唱《井冈山上迎客来》,学校门外是一条进入桑洲街的主干道,那清亮婉转的歌声,引得过往行人驻足聆听。有时王老师也会叫某个同学站起来把学的歌唱一遍。也许是我上课时唱歌给她留下了印象,当学校要排"深山问苦"的时候,王老师就确定由我来演杨子荣,邻班的陈启旭演猎户老常,李芍美演小常宝。

《智取威虎山》讲的是1946年解放军东北剿匪的故事,"深山问苦"是其中的第三场:杨子荣等四人沿途侦察,访问了躲藏在深山的猎户老常父女。猎户的女儿常宝闻知杨子荣是中国人民解放军,进山剿匪,为民除害,便怀着深仇大恨,控诉了座山雕的滔天罪行。排练开始,我先是跟着王老师学唱腔。虽然原先跟着广播学会了样板戏的一些唱段,但真正要上台还是不行。王老师按照曲谱一句一句地教我,要求每一个音符都唱准确,拐弯抹角都唱到位。当然也不忘记强调,要带着对小常宝的感情和对座山雕的仇恨去唱。学了几天,王老师觉得基本可以了,趁着桑洲大队的人来学校排练同为样板戏的《沙家浜》"智斗"一场的机会,叫拉京胡的琴师帮我伴奏。琴师问我唱什么调,我茫然无知,只得张口清唱,琴师边听边跟上了我唱的调。京胡和风琴的感觉还是不一样,有京胡伴奏,京剧的味道更容易唱出来。一段唱完,琴师笑着对我说:"不错,不错!"

接着就开始对白和连排。"深山问苦"里有一段这样的戏:常宝想起悲惨往事,情不自禁地喊着"爹",然后扑向猎户老常,抽泣着依偎在老常膝下。那时,男女同学之间互不讲话,更不会有肢体接触,排到这段戏的时候,启旭和芍美动作总是不到位,说是"依偎",却离得远远的,表情尴尬。王老师就反复启发,慢慢地,两人的表演才逐步自然起来。

马上要正式演出,大家开始准备服装和道具。学演样板戏要求做到"不走样",连演员身上的补丁多大、钉在什么位置,舞台布景上的芦苇是几根、花是几朵都必须完全一样。但桑洲地处偏僻,小镇上的学校条件有限,只能因陋就简。解放军军装相对好解决,当时流行草绿色军便服和"海富绒"帽子,借来穿戴上去也可以假乱真;犯难的是四件白披风没地方借。我回家翻箱倒柜找到一块泛黄的白绸布,王老师帮我钉上带子,就成了披风。其他三件只能用纱布代替,一层纱布太薄,就用多层的,好在"主角"用上了绸布的,其他"龙套"能应付就行了。侦察员穿的长靴没办法解决,我们就用白色的草鞋袜代替。

国庆节到了,正式演出就在老校舍举行。在当时当地,这样的演出是一件盛事,街上人家下午开始就早早地搬来凳子，抢占视线良好的位置。晚饭以后，观众从各个村庄赶来，将不大的老校舍挤得水泄不通，一片嘈杂。我们几个在王老师的帮助下，早早地化好妆，穿戴整齐，从二楼后台的窗口朝下张望，虽然看到黑压压的人头心里有点紧张，但也期待早些上场。

终于轮到我们的节目。在一阵急骤的锣鼓声中，杨子荣带着三名侦察员，身着白披风，疾步登场。一个亮相以后，杨子荣唱道："紧跟踪可疑人行迹不见，再访问猎户家解决疑难。"那时没有扩音器，就在我张口的时候，原先嘈杂的老校舍变得安静，我用余光朝台下瞥了一眼，看着观众脸上的表情，原先有些紧张的心顿时放松。当小常宝"哑巴"说话，喊出"我说，我说"的时候，我已经完全入戏，好像真的置身于深山老林，在倾听被压迫的人民对土匪的控诉。我非常投入地唱起这场戏的主旨唱段"管叫山河换新装"，结尾的高音唱完后，心里一阵轻松。幕布在"父亲持刀、女儿持枪，急奔屋门，众人亮相"时徐徐拉拢。农村观众不习惯鼓掌，但看到我们的亮相姿势，大家都发出了兴奋的笑声。我知道，演出成功了。

"深山问苦"的成功，让学校决定再接再厉，排演《红灯记》第五场"痛说革命家史"，由我演李玉和，杨秋萍演李奶奶，李芍美演铁梅，并到坑口等比较大的村庄"巡回演出"。每到演出的日子，王老师就将男女角色的眉毛样式画在黑板上，我们就"依样画葫芦"，相互帮着化妆，在脸上涂脂抹粉。第二年，我们带着"痛说革命家史"去参加岔路区"学演样板戏会演"，因为用的是区里统一组织的乐队，演出前没有好好合伴奏，正式上场后，一开口唱就发现音调高了，我只得用低八度唱，结果唱得有气无力，下来后情绪懊丧，"塌台"的感觉几天都难以拂去。

桑洲大队也决定在"智斗"的基础上排演《沙家浜》全剧，把我叫去扮演"阿福"和新四军战士。后来又排演本村青年王秀峰创作的反映抗旱的小戏，又让我扮演里面的一个少年角色。这出小戏还参加了全县的文艺会演。那天我穿的是塑料凉鞋，挑着担子在台上绕场，结果脚汗一多，一只鞋子滑出掉在舞台中央，情急之下，我一脚把这只鞋子踢到边上，索性将另外一只鞋子也甩掉，光脚跑了起来。

几年后我离开小镇去大山深处上高中，其间又再次扮演杨子荣，但我对样板戏已经意兴阑珊，那烂熟的剧情和唱腔甚至使人厌烦。我虽然还保留着听广播的习惯，但已经不再像以前那样兴趣盎然。

直至一个冬日的傍晚。那天，带着寒意的晚风吹过山岗，夜色渐浓，我正准备去教室晚自习，突然听到伙房门口的广播里传出一阵歌声：

是谁在呼唤我的名字

> 夜半三更哟盼天明
> 寒冬腊月哟盼春风
> 若要盼得哟红军来
> 岭上开遍哟映山红
> ……

  这穿越夜色的歌声令我激动,觉得从来没有听过如此优美的声音。后来的几天,我一到晚上就早早站在喇叭下,等待《每周一歌》节目开始,等待着这首名为《映山红》的歌曲响起。虽然深山的冬夜寒气逼人,但我忘记了寒冷,跟着广播唱了起来。

  多少年过去了,歌坛早已百花齐放,听歌唱歌都有了更多的选择,但有时我还会想起学演样板戏的日子,想起在黯淡的小镇街头,在寒冷的山岗晚风中,等待广播响起的情景。

走！到桑洲岭攫车去

一道山岭横亘在面前，将山谷中的小镇与平原、与外界分隔开来。小镇的名字叫桑洲，这道山岭便叫桑洲岭。

二十世纪七十年代，大部分物资实行统购统销、计划调拨，小镇住民甚至是整个清溪流域百姓的油盐酱醋、食品布匹，都要从宁海县城运送而来。从宁波到临海的甬临线早在五十年代已经通车，但公路像一条窄窄的布带从半山腰飘拂而过，山脚下的小镇能够听见来往车辆的鸣笛，却留不住它们绝尘而去的身影。小镇的物资往往先要用汽车运到桑洲岭北侧一个叫岔路的地方，然后再用人工转驳至桑洲。就这样，诞生了一个新的行当——用手拉车为公家运货。小镇的一些农民自备车辆，组成运输队，有货拉货,没货种田,赚些"脚力钿"补贴家用。

我的姨丈就是运输队的一员。手拉车运货需要翻越高耸绵长的桑洲岭,光靠车夫一人难以胜任,必须家里的大人小孩甚至亲戚邻居一齐上阵,前拉后推才能完成。于是,到了拉货的那一天,我的表兄弟就会来喊:走,到桑洲岭攮车去!

攮,汉语词典解释为用刀刺,在桑洲方言里意为推,但在小镇人们的语气里,攮似乎比推用力更猛。无论是攮还是推,我知道此去又要卖力气了,在表兄弟的呼喊声中,有时乐意、有时勉强地朝着桑洲岭走去。

从桑洲街去桑洲岭,走的是古驿道。这条驿道历史上为宁波通往台州的要道。《徐霞客游记》载:"自宁海发骑,四十五里,宿岔路口。其东南十五里,为桑洲驿,乃台郡道也。"据说桑洲驿繁盛时配有五六十名轿夫和十余名杂役,专为官府传递文书者或来往官吏服务,从中可以想见当年驿道上人来货往的忙碌景象。从桑洲岭的南侧到北侧,古驿道长约三公里。这段山路就像一条被人随意甩出的绳子,路随山势盘旋而上。曾经有多少凡人黎民、贩夫走卒、官宦政客从这条山道上走过,无数人的双脚将铺路的石子打磨成了岁月的镜子,映出了一代代人行路的艰难。明翰林院编修赖世隆也许是在翻越长长的桑洲岭之后,

第二辑 风的痕迹

也许是将要攀爬这道山岭,他在驿站写下了一首《宿桑洲驿》:"皇华四牡日骓骓,古驿清幽坐翠微。半榻松风醒宿酒,一帘花雨湿征衣。畏途漫叹王程近,远宦恒忧壮志违。回首故乡亲舍隔,万山高处望云飞。"明代大儒方孝孺在洪武十五年(1382年),迫于家族被诬构,曾到台州府申诉,经过这里时写下了《夜度桑洲驿》:"山路弯弯石磴平,碧天凉露下三更。无端一夜西风恶,吹着新愁上紫荆。"文人骚客,各怀心事,但共同感叹的是桑洲的偏远和山岭的险峻。老辈人说,这一段驿道曾经有过五处"路廊",供肩挑背扛远行的人歇足小憩,喝一口山泉烧出的茶水,吃一点随身带着的干粮,然后再继续赶路。但到我辈踏足古道的时候,这些路廊已经所剩无几,有的成了废墟,有的无迹可寻。老街尽头还存有一处"塘房路廊",是进出小镇的必经之地,因清代时在桑洲设立过"水师汛地",此处建有"塘汛"用房,路廊也因此而得名。少年的我对徐霞客、方孝孺毫无所知,也不知道脚下这条由鹅卵石铺成的乡间道路曾经有过显赫的以往,更不会从一座破败的路廊读出历史的忧愁与沧桑。

从塘房路廊开始,我们就离开老街踏上了去桑洲岭的道路。开头的路还算平坦,两旁有房舍相伴,鸡犬相闻;没走多远,道路便向高处延伸,市声也逐渐退隐,一条叫

"塘房坑"的小溪相向而流,水声淙淙,似有若无,给寂静的山野平添一分动静。如果是春天,作物长在高低不一、大小不等的田地里,从高处看去,就像春阳之下晾晒着一块块绿色的布帕。帕与帕之间的缝隙里,点缀着一簇簇或粉红或鲜红的柴片花,如同给布帕镶了花边。到了秋天,就有可能与收获归来的农人在路上相遇,看他们吃力地挑着满筐的苞芦或番薯蹒跚而行。

走到岭脚路廊的时候,直路已是到了末端,往前看去,道路成之字形曲折向上,往来反复,纠缠不休。这时,尽管心里发怵,但也得振作精神,不能停歇。我们将上身微微向前,两只脚交替迈出,沉着而果敢,坚实而敏捷。有时也会回身看看来路,或者抬头眺望前程,一边暗暗为自己鼓劲,一边脚步不停。

到了桑洲岭顶,我们离开古道走在了公路上。这条路当年作为国防公路而建,坡陡弯急,沙石铺面,汽车开过,尘土飞扬。因为刚刚攀爬过弯曲陡峭的山路,眼前的公路就成了坦途,加上是下坡,走起来毫不费力。我们在盘山公路上行走,拐弯时从高处看远方,田野如盘,屋舍点点,真可以用星罗棋布来形容。这时候,我们会大声歌唱或者高声喊叫,宣泄少年多余的激情。就这样,不知不觉间走到了桑洲岭的北坡东山岭脚,和其他人家前来攒车的一起,在这里等候手拉车队的到来。

　　车队的出现并非毫无征兆。先是看到桐洲桥的那头有几个黑点在蠕动，慢慢地这些黑点多了起来，并且连成了一条线，远远地看去，就像搬家的蚂蚁在移动。渐渐地这些黑点越来越近，拉车人的身形也清晰可见，可以确认这就是我们要等候的车队。这时，攮车的人一涌而上，找到自己家的手拉车，前呼后拥朝着桑洲岭进发。

　　似乎要给我们一个下马威，从东山岭脚往上的第一道长坡，是整个桑洲岭最陡的一段。刚接上车队时的笑声和话语声渐渐消失，四周变得鸦雀无声。姨丈的双手紧紧抓住车杠下部的把手，弯着腰身往前用力；我们几个攮车的人，双手在车上找到最能着力的地方，双脚抵地，身躯前倾，最大限度地发挥出各自的能量。车子在推拉之下，缓慢地向坡顶移动。汗水出来了。先是微汗，后是大汗，慢慢地流进了眼睑，渐渐地渗透了衣衫，我们默默地用衣袖擦去满头满脸的汗水，继续用劲。坡道是那么长，似乎没有尽头；时间是那么慢，空气也好像凝固了一般。渐渐地，开始感到呼吸困难，喘不过气来，这时就得像马拉松选手在奔跑途中掌握好步幅，像歌唱演员在演唱过程中找准换气的节点，我们也要不露声色地调整姿势和理顺气息，让自己的身体状态能够跟上车轮滚动的节奏。由于埋头用劲，思维完全被眼前的手拉车所牵引和左右,头脑已经失去了思辨能力,剩下的只有一个念头——快快到达桑洲岭顶。

桑洲岭犹如一部宏大的交响乐,高潮与高潮之间有着抒情的慢板和欢快的行板。过了长长的陡坡和一个个弯道,来到了平缓的地段,双手虽然还搭在车上,但已经可以稍稍地缓一缓劲。这时,我们直起了身,抬起了头,眼睛开始向四周睃巡,看到了刚才因为埋头用劲而忽略的事物,譬如路边的那些树,山中的那些草,天上飘动的云彩,感受到远远吹过来的风,甚至听到了山坳那边传来的啁啾鸟鸣,身心感到无比舒畅,真有一种苦尽甘来的感觉。前面虽然还有弯道和陡坡,仍然需要出力流汗,但桑洲岭顶已经遥遥在望。

少年时代,我曾无数次去桑洲岭攘车,一次次往返,将汗水和劳累留在了古道之上、山野之中。去桑洲岭攘车,犹如去上一堂人生之课,不仅锻炼了稚嫩少年的手力脚劲,也使我懂得了生活的艰辛与不易——当你为了生计而低下头颅、弯下腰身的时候,才会明白生命中有许多不愿承受的沉重,却必须承受。

随着甬台温高速公路的开通和甬临线的改道,如今眨眼之间就可以穿越桑洲岭隧道,翻山越岭的老公路车辆稀少,桑洲岭已经失去交通要道的地位,正在远离人们的视线。大家已经习惯以车代步,那条在无数年代里被无数人走过的古道,逐渐被弃用,慢慢淹没在荒草荆棘丛中,并终将在时光的流水中坍塌和湮灭。各式各样的物流车辆,在水泥路、柏油路、高速路上风驰电掣,手拉车运输队已经成为历史陈迹,"攮车"也就成了久远而陌生的传说。但在我的脑海里,去桑洲岭攮车的往事依然鲜活,与那座山、那道岭、那条沧桑古道一起,永远留存在记忆中。

在那高高的冠峰山上

我的心中有座山,一座与青春连在一起的山。

这座叫冠峰的山,就像一只昂首的雄鸡,耸立于天台山脉的群峰之间;在绵延起伏的山的波涛中,它又似一簇扬起的浪花,汇聚到无边无际的绿色之中。

其实,仅仅将冠峰称为山并不完全准确,它更多地是作为一个地名,是那片山峰沟壑的统称。山外的人们在去山里某个村庄的时候,不一定说具体的村名,而是说"到冠峰去"。

我去冠峰是在1973年的3月15日,那天正好是我十六岁的生日。三月,在山里是个好季节,春笋破土,草木萌芽;而十六岁也正是好年华,青春勃发,芳华初绽,

第二辑　风的痕迹

人生的长卷如同迂回曲折的山路，在我的面前徐徐展开。我肩上挑着的不仅是粮食铺盖，还有锄头柴刀，因为此行是去上"五七学校"。我不知道应该怎样向今天的年轻人解释"五七学校"这个已经成为历史的名词。简单地说吧，在这所学校里，学生"以学为主，兼学别样，即不但学文，也要学工、学农、学军，也要批判资产阶级"。其实，还可以用更简单的四个字来概括"五七学校"的实质：半农半读。

从我居住的小镇去冠峰，有着五六十里山路，需要攀越无数的峻岭陡坡，而我的求学之路，更是布满荆棘。那时实行"推荐"上学，祖辈的出身就像一片阴影笼罩在我的头顶，初中毕业上不了高中是在意料之中。失学一年后，听说要在山里办一所边读书边劳动的学校，身为小学教师的母亲，壮着胆子去找了区"教办"主任；而"教办"主任恰好是我的初中校长，对我的学习成绩有所了解，也许是出于"惜才"，也许是"五七学校"的政审相对宽松，给了我这个上学的机会。这就可以想见，我在负重跋涉重峦叠嶂和断崖幽谷的时候，脚步虽然有所滞缓，但心情是怎样的欢欣。

山上并没有现成的学校，出现在我面前的是两栋乱石垒砌的"山厂"，也就是"看山人"所栖身的建筑。这里原本是公社林场，茶山成了我们的劳动基地，"山厂"也便成了校舍。我们在"山厂"里上课，春风挟带着春雨，从墙壁和屋顶的缝隙吹洒进来，打湿了课本簿子。晴天的课间，我们便人挤人倚靠在"山厂"的石墙上晒太阳，脚下结着薄冰的泥地，在阳光的照耀下，散发出缕缕水汽。"山厂"也是学生宿舍，杂木制作的双层架子床上，垫着稻草编织的稿荐，一条薄被难以抵御料峭春寒，许多同学只得两个人拼铺取暖。

学校请来烧窑师傅，准备烧制砖瓦盖新的校舍，同学们就成了"小工"，抬石挖土，在教室旁边的山坡上建起了一座窑厂。我们在师傅的指导下和泥制作砖瓦坯，还爬坡攀岩砍来烧窑的木柴。每逢封窑之夜，唯恐火候掌握不好影响砖瓦质量，大家轮流值班守候窑前，随时准备应对突发情况。熊熊燃烧的窑火，在我们眼里就是希望之火。

当然，大家心里的希望不仅仅是有新的校舍，接受教育、汲取知识才是我们翻山越岭来到这里的目的。这些十六七岁的年轻人，都是初中毕业在家务农一两年后，双脚带着田野的泥土走进学校，对这失而复得的读书机会非常珍惜，加上出门就是山，最近的村庄也需要走半个小时，只要不是劳动时间，都在教室里学习。山里不通电，到了夜晚四野一片漆黑，只有教室里悬挂的汽灯发出白光，并伴随着"嘶嘶"的声响和若有若无的煤油气味，我们每天晚上就在发白的灯光下自修。

记得开学的第一堂课是语文课。我偏爱语文，因此对语文老师充满期待。上课铃响了，从"山厂"敞开的门口走进一位个子瘦高、面容清癯的人，他就是教我们语文的柴相观老师。后来我才听说柴老师毕业于黄埔军校，在国民党的军队经历过抗战硝烟，又在共产党的建设兵团屯垦戍边，那时刚从新疆回了家乡，应聘来到学校。新疆，多么偏远的地方，很容易使人想到戈壁滩的飞沙走石，难怪柴老师给我的第一印象是有一种饱经沧桑的神采。第一堂语文课的内容早已忘记，但柴老师的讲课却改变了我的学习态度。他讲解字、词、句细致落实，分析课文条理清晰，经常会叫某个同学站起来，回答某个词语、某个句子的具体含义。这促使看书浮光掠影的我，耐下心来钻研课文，生怕答不出柴老师的问题。

到了高二的时候，语文老师换成了倪安铨。倪老师曾经是湘湖师范的教师，据说是因为被打成"右派"而下放回家。那时候我并不知道"右派"应该是怎样的人，只知道是所谓的"五类分子"，属于反动阶级。但在倪老师身上，实在看不出"阶级敌人"的影子，看到的是一种老派教师的风范。他总是穿着一件颜色已经发白的中山装，身材单薄,文弱谦和,在某些时候还会给人谦卑的感觉。他平时讲话不多,课余时间和同学们交谈时甚至有点嗫嚅,在课堂上却滔滔不绝,激情飞扬。那时的课文并没有多少文采,但倪老师从中生发开去,古今中外,引经据典,就像打了一扇窗,让我看到了语文世界和文学世界的丰富多彩。

其实那时我对这两位老师的经历只是耳闻,并不真正了解他们的曲折人生;只看见岁月在他们身上留下的痕迹,让青竹一般的我觉得他俩就像两棵虬枝苍劲的老树,却不知道在漫长的时光里,他们有过怎样的心路历程。现在想来,是历史的机缘巧合,成就了我们的师生关系。在踏着坎坷山路来到这所学校之前,他们已经遭受了时代的严酷风沙,一路走来该是怎样的艰难?而当他们走上这久违的讲台,便将此看成是能够更好体现人生价值的机会,于是,不再年轻的他们,全身心地教书育人,把希望寄托在年轻的我们身上。

就在那高山之上,文学的种子在我心中萌芽,而老师就是松土浇水的园丁。记得高一的时候,学校交给我一项任务:编写节目反映创办"五七学校"的情况。我也是初生牛犊不怕虎,趴在床铺上写出了一个剧本。初稿完成后,我避开早自修的同学,一个人跑到学校旁边的山坡上,在

晨风中高声朗读,将自己想象成剧中的角色,情绪沉浸在剧情之中。稿子交出后,柴老师花了很多时间替我修改润色,还请他曾是新疆建设兵团八一农场文工团演员的夫人为剧中唱段谱曲。虽然这个剧本最后没能上演,我却初次尝到了创作的快乐,就像阳光穿过春天的树林,照亮了枝头原先没被发现的新绿。其实青春就是一首诗。学校远离人烟,半农半读的生活艰苦而枯燥,但在我的眼里,云雾笼罩的大山,生龙活虎的同学,茶园竹林、松涛冰雪,处处都有诗意,似乎有写不完的素材。其他同学一周最多上交一篇作文,而我是每天一篇。倪老师不厌其烦地为我批改,除了字句的修改,更多的是对习作的整体评点,有时批改评点的文字比我的作文还要长,成了我写作的教科书。这使得我每次将作文交上去以后,心里就有了一种期待,盼望和等待着倪老师的评点。

应该是在1974年吧,学校办起了一份校报,取名为《冠峰》。教物理的陈贤能老师是主编,我被他指名负责具体编务,用现在的说法,应该是相当于"执行副主编"了。《冠峰》是一份油印八开小报,每两周出一期,每期两个版面。陈老师手把手教我刻蜡纸,并帮助我熟悉组稿、编辑、排版、刻写、油印和分发的全部流程。这份主要刊登学生习作的小报,受到了同学们的欢迎,来稿源源不断。

第二辑 风的痕迹

我将课余时间都用在办报上,每到出报之日,总要和编辑组的同学们一起加班加点,忙得不亦乐乎。这份出自大山深处的小报,也受到了外界的关注,县广播站就曾采用我和其他两位同学刊登在《冠峰》上的文章。记得是一天傍晚,山野一片寂静,我站在广播喇叭下面,听着从遥远的县城跨越重重山岭传送过来的声音,当听到播音员念出我的名字和我写的文章时,禁不住激动得喊出声来,老师和同学们闻声而来,也都兴奋不已。《冠峰》报成了我最初的写作园地和最早的工作岗位,每一次捧着新印出的飘着油墨芳香的报纸,心里便充满了成就感。

几度风雨,几度春秋。"五七学校"给我留下的还有更多的记忆,比如劳动的锤炼,比如生活的艰辛,比如同学之间结下的深厚情谊……1975年的夏天,我结束了高中生活,沿着走过无数次的山路,走出大山,走向人生的远方。冠峰离我越来越远,但那片山野、那些日子总也难以忘记。

毕业之后我曾多次重返冠峰。当年的学校早已撤销,但我们建造的校舍还在,开垦的茶园依旧葱茏,用红漆写在石墙上的"教育与生产劳动相结合"的标语仍依稀可辨。我在学校旧址久久盘桓。站在今天回望过去,对当年的办学地点、办学方式,理性告诉我并不可取;但作为"五七学校"的亲历者,情感上又有着一份感念。确实,因为是半农半读,上课时间比普通学校要少很多;因为学校办在偏僻的高山,学习环境也就闭塞;因为是新办学校,没有图书室也没有实验室……但就是这所学校,为一大批和我一样的人提供了继续读书的场所,让年轻的我们对未来心存希望!

我走进一间间已成空房的教室,眼前又出现老师的身影,耳畔又响起他们讲课的声音。在特殊的年代里,是敬爱的老师们指导少不更事的我们走过了一段特殊的路程。他们播下的知识种子,遇到春风就会发芽生长。正因为有在这里的两年半学习经历,当1977年恢复高考的消息传来,我才会有勇气毫不犹豫地报名参加考试。而当我再一次回到母校,柴相观、倪安铨、陈贤能……数位老师已经永远地离开了我们。看着教室外的满目青山,我追念和感恩当年的老师,也在心里默默地祝福健在的老师们健康长寿。

面对苍莽群山,我在想,人的一生就像在山中行走,很多时候无从选择,只能沿着一条山路走下去;但在山径分岔的地方,有时又必须作出选择,不同的选择会有不同的境遇,最后的结果也可能大相径庭。如果当年没上这所学校,我的人生又会怎样?历史不能假设,往事可以回味。高高耸立的冠峰山,和曾经有过的"五七学校"一起,让我想起我的青葱岁月,想起那一段平凡而又不平常的历程。

我的青春跋涉在王爱山岗

　　王爱山岗从天台山逶迤而来，横亘在浙东宁海西南角。这条崎岖曲折的山岗，据说历史上是会稽郡和闽中郡的分界线，山岗南北的乡民在口音、饮食和风俗上都有明显差异。但这仅仅是一种说法，无从考证。而对我来说，这条山岗是青春岁月的一段驿路，坡道上曾经闪动着我和我的同伴奋力跋涉的身影。这条山岗又像我人生之路的一座计程碑，和那些修竹茂林、风雪雨雾一起，镌刻在我的记忆里。

　　在二十世纪七十年代的那些日子里，每到周日的中午时分，家在外山郑的郑英明和住在竹山头的季孟增，一个从南山岗下来，一个逆着清溪上行，准时出现在桑洲老街，再加住在街上的卢炳阳,几个人都会来到我家会合。这时,我用扁担挑起母亲准备好的粮食和菜肴,喊一声"走啦",便迈开步子,开始上路。

我们此去的目的地,是天台山脉崇山峻岭之中一个叫冠峰的地方。在这大山深处,一所半农半读的"五七学校",像一棵遮风挡雨的大树,吸引了五十八个雏鸟一样的少男少女;又像一个硕大的蜂巢,五十八个初中毕业失学之后重进课堂的人,在这里一边读书上课汲取知识的营养,一边采茶种树用汗水酿造物质成果。

从桑洲老街去冠峰有多条道路可走,我们选的是穿过茅山里弄,爬上黄茅岭,再走扁担岗。最初入学的日子是在1973年的春天,茅山里弄古老的杏树已抽出新叶,黄茅岭竹园的春笋正破土而出,自然界一片生机。那年我16岁,正从少年向青年过渡,身体和思想都像这季节一样,跃跃欲试、蓬勃难抑,面对将要攀爬跋涉的五六十里陡峭山岭坎坷山岗并无惧色。

扁担岗因狭窄细长形如扁担而得名。天台山脉波浪起伏,一条岗接着一条岗,一座岭连着一座岭,沓岗复岭,绵延不绝。扁担岗横卧在山的波峰之上,可以将它视为一座独立的山岗,也可以将它看作王爱山岗的组成部分。在漫长的岁月里,扁担岗曾经是一条商路,商贩在桑洲集市

是谁在呼唤我的名字

采购食盐、洋油等日常用品，以及虾皮、海苔、桂圆、荔枝等海货干果，之后就是沿着这条逼仄的山道走向王爱山岗，将货物贩往宁海西南山区和天台、新昌等地。这条由卵石和块石铺成的古道，经过雨雪风霜的吹打侵蚀，路面已经破损，不少地方的路基也已塌陷，但在太阳的照耀下仍然折射出荧荧亮光，仿佛可见时光深处的身影与履痕。我们就像担盐贩货的挑夫，上身前倾，双手分握扁担两头的系绳，双脚用劲，奋力向前走去。由于路途遥远，学校两周放假一次。半个月的粮食和菜肴不算沉重，但时间久了，肩膀也被压得酸痛。这时，就得放慢脚步，一只手握着担绳往后用力，另一只手撑起扁担的一端，迅速将扁担从一个肩膀转移到另一个肩膀。每隔一段路就要重复这一连串动作，加上荷重的扁担随着行走的脚步有节奏地颤动，远远地看去，就像鸥鸟在山的波浪间不断地扇动翅膀。

走过扁担岗，我们踏上了山间公路。这条修筑于1971年的砂石公路，从桑洲岭头开始，横穿王爱山岗，再与天台的泳溪相接，这使我们的行走与旧时商贩相比，不再那么艰难。往往也就在这时，有同学从雪山村那边的另一条路上走来，两路人马会合后，队伍扩大了，话语声、欢笑声多了起来，脚步也变得轻快。

从这段山岗往左眺望，可以看到清溪像一条浅蓝色的绸带在青山下舞动。据说在隋唐时期，清溪流域还是一片汪洋，船只可以直达王爱山岗，去天台山的文人墨客、贩夫商贾就在这一带靠泊上岸。在这段山岗的右侧山坳里，有着永乐寺遗址。这座寺院初建于南朝梁天监年间。相传明永乐元年，朱棣篡位，建文帝假焚逃出宫外，见王爱山临近忠臣卢原质故里，东可下三门湾，南可避天台、临海等地，于是"隐居梵堂永乐院，寄身参禅悟生死"，看破红尘，在此终老一生。而当我们从这山岗走过的时候，沧海早已变为桑田，大海的传说就像天方夜谭；寺庙也成废墟，晨钟暮鼓、烧香拜佛更被斥为封建迷信。伫立山岗，看清溪身姿曼妙流向远方；侧耳山谷，听鸟声清丽婉转动人，我的心便会产生无限遐想，想象着大山之外的世界，盼望着能够走向更广阔的天地。

我们继续朝前行走，塘孔、外柴、吕家……一个个村庄在眼前出现。村子里的农舍，屋脊青苔层叠，斑驳的墙皮裸露着沧桑，虽也有鸡犬之声传来，但村子似乎在时光里停滞，安静而寂寞。倒是公路两旁的黄泥山坡和山坡上的梯田、旱地，随着季节转换，在不同的时段呈现出不同的样貌，为我们枯燥的行走增添了色彩。

到了王爱公社的所在地高塘，家住岔路、前童等地的同学也从山岗的北侧上来，我们的队伍进一步扩大。许多年后才知道,他们从岔路口到上金村,过白溪(水母溪),攀松门岭,走的正是徐霞客三百多年前出宁海西门去天台山的道路。《徐霞客游记》关于这段旅程的记载,让今人莫名兴奋,被作为旅游营销的卖点反复提及,更有人对徐霞客途中逗留的处所、经过的庵堂究竟在何处,展开探究甚至争论不休,为王爱山岗增添了更多神秘色彩。但在我们行走这条山岗的年代,旅行和探险是一件十分遥远的事情,根本不在人们的话语范围,也很少有人知道徐霞客是谁。我们知道的是,这段路程非常险恶,置身其中随时都会遭遇不测。1974年台风过境的周末,白溪流域山洪暴发,滚滚浊浪淹没了往日高出水面的石步,家住白溪对岸里王村的女同学钟林妹独自回家,涉水过溪的时候被凶猛的洪水冲走,遗体到第二天才在十几里外的下游找到。返校后,我们全班师生去了里王村,在钟同学的墓前肃立致哀,许多女生失声痛哭。几天前还在同一个教室上课、同一片茶园劳动的人,此刻却长眠在这小小的坟丘。一条年轻的生命,就这样消失在求学的路上。这让我第一次感到生命是如此脆弱,死亡是如此接近;也让我意识到,能够平安地在山岗上行走、平静地坐在教室里读书,是多么不容易。

过了高塘就到了大路下村。在这里,砂石公路向着天台地界延伸,而我们则要朝右转入去冠峰的山路。站在山

第二辑　风的痕迹

路的入口，可以看见一个叫岭头陈的村庄。相传隋灭陈后，吴兴王陈胤被隋文帝分置在宁海西南边缘的黄泥山岗。陈胤在这条山岗筚路蓝缕，几经繁衍，裔孙薪火相承，族聚岭头陈，渐成陈氏望族。后人缘于吴兴王久居生情钟爱黄泥山岗，便将此地名为"王爱山"。这个坐落在山岗上的古老村庄，有着历史的苍茫，但我望着不远处的岭头陈，内心并没有丝毫波澜，因为在破"四旧"的年代，我的历史知识一片空白，即使知道了这些传说，也会将其视为封建糟粕，更遑论追寻探索。

再往前走便进入真正的大山。我们在砍柴伐木者歇息的"稍场"休整，积蓄体力继续前行。直石岭、水槽横沿……一个个地名描述着山岭的高峻和山路的狭窄。我们肩负重荷，双腿紧绷，将全身的力道都集中在两只脚上，每一步都磬磬有声。往往还未爬到山岭的半腰，汗水就已湿透衣背。假如在夏天，男同学就早早脱去外套只剩背心，或者敞开衣襟任凭山风吹拂正在发育的身躯。路上人迹罕至，偶尔有山民肩扛毛竹树木或挑着竹笋柴爿迎面而来，我们便要侧过身子让开道路。一路上也险象横生，甚至会碰到蛇从草丛中蹿出，不慌不忙地游到路的另一侧，让走在前头的人发出一声惊呼。有一次我扁担上的系绳磨断，布袋滚落到十几米深的山涧，好不容易在同学的帮助下小

151

心翼翼地爬下去捡回，结果装着菜肴的瓶子已经破碎。到了稍为平坦的江家屋基，我们会卸担歇脚恢复体力，但也不敢过久停留，因为前方还有一段长长的横道，而山野间已经升起沉沉暮霭……

一次次往返王爱山岗，一次次攀越冠峰山岭，我在那个年代的这段经历，也许是一种磨难，但同时也是一种幸运，因为是这座大山给了我接受高中教育的机会。1977年的冬天，当我走进高考考场，看到作文题目是《路》的时候，首先想到的便是这条浸染汗水和泪水的求学之路。我的眼前浮现出绵长的山岗和峻峭的山岭，仿佛看到了在岗顶岭脊跋涉的青春身影，甚至听到了年轻的生命在湍流中呼救的声音。我提笔在考卷上疾书："我求学的高中办在千米高山，每次返校都要在崎岖的山路上跋涉攀登……"作文写得非常顺利，因为这些文字，我已经在那条山岗那片峰峦酝酿了几个寒暑。

炮声相伴的日子

我已记不起炮声响起的准确位置。

我只记得是在海边。后来才知道这是一个叫象山港的港湾,离真正的大海还有很远的距离。

我只记得有人说起过"栖凤""桐照"两个地名,但肯定不是在栖凤,也不是在桐照,因为我们所处的地方周边没有村庄,只有一座光秃的石山,只有一片涨潮时漫延到山前的海水。

当然,我说的炮声也不是战场上摧枯拉朽、致人于死地的杀伐之声,而是用炸药开山采石时发出的声音。

对,我说的是一座位于象山港北岸的采石场。

1975年夏天,我从高中毕业,等着"上山下乡"。那时普通高中的学制两年，学生春季入学寒假毕业；我上的是"五七学校"，读了两年半。这样，从暑期毕业到下乡之间就出现了空档。看着无所事事的我，母亲说，找个地方做"小工"吧。

母亲所说的小工是指临时工，更准确地说是从事体力劳动的"帮工"。初中毕业的时候，我曾经去姑妈所在的农场做小工。第一天扛着"草刮"去棉花地里削地，还没削上一二十米，手心就起了一个大泡，水泡破碎后那种钻心的疼痛记忆犹新。要不，再去农场做小工？

这时，和我既是初中同学又是表兄弟的志林带来消息，一个叫为干的岔路人在奉化包了一个石宕，他准备去那里做小工，问我想不想去。

宁海西乡山多地少，资源贫乏，从事木匠、篾匠、泥水匠成了农村青年的普遍出路，也是农民在生产队种田记工分之外，赚一点活络铜钿的主要门路，因此不少人小小年纪就拜"老司头"学手艺，只想及早将饭碗捧到手里。西乡石匠更是远近闻名，肯吃苦、手艺好，很受欢迎。每年正月十四吃过麦焦、米筒之后，这些"打石头人"便三五成群，离开家乡踏上"做工程"的旅途。在人的活动范围被框定在本村本乡的年代，这些出门做工的人是向外流动的主要群体，也成了一些家庭对生活的寄托和期盼。

第二辑 风的痕迹

初中毕业后我无学可上，也曾经想过学手艺，不过少气薄力的我肯定不适合将石匠作为自己谋生的职业。但现在高中毕业了，成天在家吃闲饭总是不好吧？何况去石宕做小工也只是权宜之计，不会太久，应该吃得消。这样一想，便决定到奉化去。

现在想来，这可以算是我走出校门后第一次真正接触社会，那时的心情半是激动半是不安。我往旅行袋里装了几件换洗衣服和两本《战地新歌》，在一个秋日的早晨，背着被铺行李随志林出了门。

这个石宕并不是新开的。我到的时候看见一座山已经被劈了一半，剩下的山体石壁裸露，满目嶙峋，好像笨拙的匠人刀劈斧凿留下的半成品；而山脚的堆石场更像炮击后的废墟，石料东倒西歪，遍地狼藉。

离石宕不远处有一排茅草覆顶的平房，这是"打石头人"吃饭住宿的地方。一个房间住七八个人，我将被褥在两条凳子一块硬板搭成的床上打开铺好，就算安顿下来了。

开山采石是一门技术活，也是一个危险的行当。在爆破之前，先由有经验的石匠察看岩石的纹理走向，选择作为"炮眼"的合适位置。接着在选定的地方，一人把钎，两人挥锤，在坚硬的岩石上打出用于安装炸药的"炮眼"。"炮眼"并非一次而成，而是需要用少量炸药一次次地扩容，从小到大，由浅变深，直到能够装填所需的药量，直到能够看见岩石出现细细的裂缝。

炸药装填完毕，一面小红旗便会在风中挥舞，接着响起一声声尖锐悠长的哨音，这是在向周围发出警示。石宕里干活的人听到哨声后，就纷乱地喊着"放炮喽！放炮喽！"赶紧离开危险地段。点火的应该是一个胆大心细的人。他通常是用香烟去引燃长长的导火索，点火以后并不马上离开，而是直到导火索像蛇一样发出"哐哐"的响声，这才身手敏捷地撤退到安全地带。燃烧的导火索点着雷管，雷管引爆炸药，随着一声惊天动地的巨响，炸开的岩石便坍塌下来，而一些碎石会像弹雨一样向四处散开。有时也会出现哑炮，需要有人上去检查原因、排除险情。这也是最危险的时候，因为情况不明，说不定什么时候哑炮就会炸响。

炸下来的石头有大有小，大的需要进一步破开切小。据说现在已经有了各种破石机械，但那时全靠人工完成。石匠们费力地将一种称为"麻雀"的錾子，一个一个排列着用铁锤打进石头，直至硕大的石块破裂变小，有的还要根据石材的用途，按照规格作进一步的加工。我曾经问过石匠，为什么将钢铁做的錾子称为"麻雀"？是因为它很小、形如麻雀吗？后来我才了解到，破石的时候，石匠在头天按照所需石材的大小，将一个个錾子打进石头，然后再顺着錾子浇水,第二天石头就会自动膨胀裂开。从这种工具所起作用来看,石匠口中的"麻雀"似乎应该是"矛胀",在宁海方言里,两者的发音正好相同。不管是叫"矛胀"还是"麻雀",记忆中,铁锤击打錾子的"叮当"之声,整日在石宕中回响。

我的任务是抬石头,干的是真正属于小工的活。往往吃过早饭就开始劳动,半上午乘放炮的间隙休息一会儿,炮声响过硝烟还未散尽,就又接着干活。我并不知道这些山石开采出来用于何处,那时很少有汽车,也记不起是否有手拉车之类的交通工具来将石头运走,也许是原地围垦所用?只记得我和志林结对,将开采出来的石头抬到石宕的边缘。那时我已年满十八,加上在"五七学校"的锻炼,体力勉强能够胜任,缺少的是干活的技巧。志林和我同龄,但生长在农民家庭,从小吃苦,干起活来就有更多的经验。这就决定了在劳动过程中,他是主力,我是配角。譬如,要抬的石头并不工整,各种形状都有,用绳索捆绑颇有难度,但他总有办法让石头们服服帖帖。再譬如,两人抬石头,重力相对在后,所以一般情况下都是我走在前面。"包工头"为干也就三十来岁,但沉默寡言,我不记得有没有和他说过话,估计那时也不敢和"包工头"对话,但能够感觉到他对我这个"文弱书生"的友好与善意。有时遇到我和志林,他会提醒我们注意安全,说一些"大的抬不动就别去抬了"之类的话。为干的妹妹也随兄长在石宕做小工,她像麻雀一样叽叽喳喳爱说话,倒是给沉闷的劳作增添了一分轻松。

就这样,我在开山采石的炮声和铁锤钢钎发出的"叮当"声中,日复一日地抬着石头。抬石头的活并不让我感到辛苦,难以忍受的是每天吃芋艿。后来知道奉化芋艿头是有名的特产,但一日三餐吃的都是芋艿,时间长了,闻到那股味道就心生厌恶。烧的芋艿没有一点油星,也吃不到其他蔬菜,造成的后果是排泄困难,每次都要费很长时间,令人痛苦不堪。特别是在干活中途去上半露天的茅厕,长时间地起不来,其他干活的人不时远远地看着你,以为你借机偷懒,真是尴尬至极。

在采石场,你可以将爆炸的巨响想象成战场上的炮声,也可以将铁锤撞击钢钎的声音听成是悦耳的乐音,但生活的单调和枯燥还是像水一样无声地漫过你的身心。在很少的工余时间里,石匠们有的打牌,有的下棋,有的坐在茅屋前望着远处发呆。这时,带来的两本《战地新歌》派上了用场。我躺在床上,翻开歌本,拣熟悉的歌一首接一首地唱下来。开头是小声哼哼,慢慢地声音大了起来,后来就是放声歌唱了,完全不顾周围人或欣赏或厌烦的目光。

我也曾多次在晚饭之后一个人走到象山港的水边,眺

第二辑 风的痕迹

望夕阳在港湾尽头留下的亮色,观察海水拍打礁石卷起的浪花,聆听海浪发出的"哗哗"声响,有时索性在水边久久呆坐,任凭思绪在暮色中沉入冥想。也许因为是山里人,我并不十分喜爱大海。在以后的日子里,我有过很多次在真正的大海上航行的经历,面对一片汪洋,总觉得过于单调乏味,不及大山的丰富多彩。而且在海上航行,身体随着波涛起伏,心里空落落的,总有一种不安定的感觉;而一旦船舶靠岸,双脚落在坚实的大地上,踏实感便油然而生。许多年后,我曾经与我的领导,同时也是诗人的洪迪先生说起过这种感觉,他告诉我这就是诗的感觉。1975年的秋日傍晚,象山港的落日余晖和海水涛声,虽然没有让我体会到更多的诗意,但这片海成了我排解寂寞的一个去处。

那年深秋我离开了采石场。在之后的几十年里,我曾经无数次到过或路过象山港北岸,但始终想不起当年的采石场具体是在哪个位置。其实也难怪,采石场里做小工的经历毕竟短暂,短暂到难以在我的履历上记下一笔。但流过汗水的地方总会让人记挂,一旦想起那开山采石的炮声,想起那些炮声相伴的日子,我的心里还是会有几分激动。

秋天的回访

沿着新开通的甬莞高速前行,从宁波市区到三门湾畔的青珠农场也就一个多小时的车程,但对我来说,两地之间却相隔着四十多年的时空。

时令刚过立冬,透过车窗向外看去,天碧似洗,云白如絮;山上草木依然苍郁,墨绿之中嵌有赤红;还未收割的稻田犹如铺盖着金黄的地毯,但更多的是收获以后的田野,袒露出土地黝黑的本色。我的心境恰似这深浓的秋色,沉静之中带着苍凉,既有对往日的回想,又有近乡的情怯。

当青珠山、黄珠山一高一矮像兄弟般出现的时候,农场也就到了。裘万宏在"朝阳队"的桥头等我。他是农场子弟,也是我在青年队时的副队长。双手相握的瞬间,顿觉时光倒转，我仿佛正和他一起相伴着荷锄出工。但毕竟已经过去了四十多年，且不说物是人非，周边的环境一时间还真令人感到陌生。于是，在明亮的秋阳之下，我跟着裘万宏漫步农场，去追溯那些激情与疼痛交织的往事。

三门湾畔这座平房

我们先回到了当年的宿舍。

这座低矮的平房建造于二十世纪七十年代，砖瓦结构、方石墙基，也许是当时农场最好的建筑。但经过将近半个世纪的风霜雨雪，现在已经墙皮剥落、砖块裸露，就像一个饱经沧桑的老人，佝偻着身躯，出现在我的眼前。

青珠农场是一家以种植棉花为主的国营农场，分西关、朝阳、后门港三个片区。1976年春天，十八岁的我以知青的身份来到农场，先是在场部所在的西关二队种棉花，到秋天的时候，场里决定组建青年队去新围垦的"四胜塘"试种水稻，我作为青年队的一员，搬到"朝阳"，住进了这座平房。记忆中，从平房一头的门洞进去，一条走廊贯穿东西，走廊两边有十六个房间，住着三十来个青工。我的宿舍位于向阳的一边，同室居住的谢鹏远比我大几岁，早我几年到农场，是青年队的队长。房间里靠着窗户摆放着两张板床，各自铺着薄薄的被褥；床头上面的墙壁安了一块搁板，摆放着仅有的几本书籍；床的另一头是一口木箱，装着换洗衣服；床铺之间放一张木桌，桌子顶上悬挂着一只灯泡。就是这间不到十平方米的简陋宿舍，遮风挡雨，成了我繁重劳作之后憩息的港湾。

我们走近平房，只见木门紧闭，难以进入；我沿着墙边走去，靠近原先住过的那个房间。窗户已经没有窗扇，一块铁皮遮挡着窗洞，从边缘的缝隙看进去，里面堆满了杂物。我在铁皮蒙盖的窗户前久久伫立，仿佛看到自己刚刚下工回来，脱下渗透汗水和农药的衣服，从门后的铁丝上拉下毛巾，擦去身上的汗渍，然后懒散地靠在叠起的被褥上面，让疲惫的身躯有片刻的放松。谢鹏远已经从食堂打回饭菜，而我却正被广播所吸引。晚饭时间正是播送歌曲的时段，我便跟着歌唱，歌声顺着敞开的房门，在走廊里回旋。夜幕降临，我拉亮电灯，昏黄的光线洒满小屋；我以床为凳坐了下来，在桌上摊开本子，开始记载一天的劳动和生活，总结一天的得与失、喜与忧。夜深了，不知从哪个房间传来时高时低的鼾声，但我仍然沉浸在读书或者写作的快乐之中。我开始向报刊投稿，虽然退回的多发表的少，但我坚持不懈，乐此不疲，哪怕是一首几行的小诗在县文化馆的油印刊物上刊登，也会高兴好几天。有时，

第二辑 风的痕迹

我和谢鹏远早早关掉电灯，带着一天的劳累躺在床上聊天，聊些什么已经记不起来了，记住的是水银般从窗口倾泻进来的月光，还有那些只有青葱岁月才会有的激情。

我侧过身朝前方看去，远处的橘林清晰可见，秋风送来一股淡淡的清香。听裘万宏说，从二十世纪八十年代中期开始，农场的土地承包到了职工，大部分改种柑橘和西瓜等经济作物，这段时间正是橘子采摘的忙季。经他一说，我的脑子里突然想起了"秋收冬种"这个久违的词语。这个季节，在当年正是我们青年队忙于收割晚稻的时候啊！

因为谢鹏远是青年队队长，我俩的房间实际上也是生产队的办公室。大家在这里研究生产计划，安排具体农活，也讨论队里的一些杂务。更多的时候分不清是开会还是聊天，说着说着就争吵起来，吵着吵着却又发出了欢笑。大队干部也经常来我们这里串门，有时是了解情况，有时是布置任务。其他队里的青工也会来我们的房间，有的是来商量团支部工作，有的纯粹是闲聊。人们进进出出、来来往往，有事说事，无事闲坐，我们的房间俨然成了信息集散地和会议室，是这座平房最热闹的地方。

那时我担任生产队会计，其实就是记工员，每到开工票的日子，房间里总是挤满了来自四面八方打零工的男女。他们操着各种口音叫着"会计"，眼巴巴地盯着我拿笔的手，看着我一笔一画写下他或她的名字，写下他们用汗水换来的"元角分"。他们腿上沾满泥巴，脸上有着泥土般朴实的神情，接过工票的瞬间会露出由衷的微笑；但也有人会虚报出勤骗取工票，对着我大声吵闹。因此，每到开工票的时候，我总是小心再小心，仔细核对，生怕弄错。这也使我懂得了"责任"这两个字的分量。

  我转过身来，看到宿舍前面原先的空地上竟然满是草木，一棵柿树上长满了柿子，就像悬挂着一个个喜庆的红灯笼。这使我想起了1977年的秋天，恢复高考的消息喜讯般传来，预示着一个新的时代来临。于是，我白天下田收割晚稻，晚上在灯下复习迎考，投入命运的抉择。天渐渐地冷了，考试的时间也越来越近，我白天到几十里外的长街红旗学校听课，晚上回到农场继续复习，往往是夜深人静的时候，人们都已入睡，而我仍在灯下伏案苦读。从三门湾吹来的风拍打着用塑料布当玻璃的窗户，我便将这呼啸的风声听成鼓劲加油的喊声。大学录取通知书是在转年春天收到的。当我真要离开这里的时候，心中五味杂陈，既有命运得到改变的欣喜，也有对这间小屋的几分留恋。走的时候，室外洒满五月的阳光，万物充满生机，我提着行李站在门口，转身看着这间狭窄的宿舍，在心里默默地说了一声"再见"！

在离开这座平房后的日子里,我走过了很长的路,经历了很多的事,如今又站在了它的面前。我伸出双手摩挲着石灰脱落的墙壁,就像在抚摸峥嵘斑驳的岁月;我的目光再次透过窗口朝里张望,更多深埋在时光深处的记忆像海潮一般涌了上来。这座平房留有我的青春印记,也见证了我的苦乐年华。当年住在这里的青年一个个走远了,而它却仍然站立在这里,既像倔强的战士坚守在这片土地,又像年迈的父母在等待孩子归来。我会永远记住这座始终站立的平房,它是我人生路上的一处坐标,使我回首往事的时候有了依托,往前行走的时候不至于忘记来时的路。

百味杂陈的农场食堂

食堂与宿舍隔路相望,也是一座砖瓦结构的平房,但从外观看比宿舍要好,经过几十年的风雨侵蚀,仍然保留着旧时模样。农场职工实行工资制,口粮按重体力劳动配给,并设有蔬菜队,负责种植蔬菜瓜果,在蔬果上市的季节,隔上一两天,蔬菜队茅草屋前的杆子上便会升起小红旗,这时,有家庭的职工便差遣孩子提着篮子去排队,按照家庭人口限量购买蔬菜或瓜果。但这些与单身青工无关,我们的伙食由食堂供应。

我和裘万宏走到了食堂。当年这里是朝阳片区的生活中心和活动中心，经常是人来人往。此刻虽然正是午餐时间，却难见人影，没有了记忆中人流进出、端饭买菜的嘈杂和热闹。走进伙房，只见操作台还在，但听不见刀切斧剁的声音；大灶还在，两口大铁镬却倒覆其上；灶膛口烧火的铁叉还在，只是火熄灶冷，难闻烟火气息。我们转到餐厅，发现昔日售菜的窗口已经被砖块封堵，透过粉刷的石灰隐约可见旧时痕迹。裘万宏告诉我，大批知青回城以后，食堂也就不再开伙，职工如有婚丧喜事的需要，偶尔才会借用这里的场地和设施。

　　当年食堂有七八个人专职负责青工和季节性零工一日三餐的伙食。蔬菜由农场自己种植，春天有小白菜，夏天是包心菜，到了冬天则是大白菜。每到雪里蕻上市的时候，从地里一车车拉到食堂洗净晾干，然后一层菜一层盐地铺在水缸或木桶里，边铺边用双脚踩熟踏实，最后用大石块将其压住。腌成的咸菜也就成了我们一年四季的当家菜。其他荤菜譬如猪肉，需要食堂人员一早赶几十里路去长街食品公司凭票购买。农场虽说地处海滨，塘坝之外就是潮涨潮落的三门湾，但在计划经济年代，渔业的生产和销售都由国家统筹，海产品也由水产公司按计划供应。有的农场职工会在工余时间去"赶小海"，翻过塘坝在下洋涂上捕

第二辑　风的痕迹

获一些小海鲜以弥补食物的匮乏,但食堂很少采购海鲜,最多凭票买一些咸带鱼之类。

　　按照当时的工资收入,一餐吃了荤菜,其他两餐就只能吃一分钱一碗的咸菜汤了。个别青工熬不住清汤寡水,就到周边村庄转悠,看到在稻草蓬下觅食的鸡,用一把米作诱饵捉一只回来,在宿舍里用煤油炉烧了解馋。菜吃得少,油水也少,饭量就大。青工中曾经流传着一件趣事,有人从家里带来带鱼干,用饭盒蒸着当菜,蒸过的带鱼干实在太香了,结果同宿舍的三个人,一个吃了一斤八两米饭,另一个吃了一斤七两;等带鱼干的主人下工回来,饭盒里的带鱼干已所剩无几,但他还是吃了一斤半的饭。这还真不是段子。那时大家都是十七八九、二十啷当的年纪,对食物的需求就像禾苗对雨露的渴求,加上干的是农活,一餐吃上七八两米饭的大有人在。食堂早先烧的是大镬饭,但有人觉得炊事员打饭不公平,厚此薄彼、有多有少,有人甚至为此大打出手。后来改为蒸饭,每餐拿着饭盒去食堂买米,吃多吃少、吃干吃稀自己掌握,但还是经常发生错拿甚至故意拿走别人的饭盒,使得有人吃不到饭的情况,结果又改为打饭。翻来覆去,就是为了能够吃好饭。那时吃饭是我们每天的一个盼头,劳动到一半,就抬头看太阳到了哪里;一到下工时间,就饥肠辘辘、急急匆匆地赶往食堂。最盼望的是"五一"、国庆和元旦的会餐,这时,食堂杀了饲养的猪,免费供应四五个菜,餐厅里没有足够的桌椅,大家就几人一组,用脸盆装着端回宿舍。有人难得地沽酒买醉,以求消除一身的劳累。这一天真正成了节日,每个人的脸上都充满喜气。

我抬头看向售菜窗口上方的墙壁,那里原先有着一块黑板,我作为大队团支部政宣委员,承担着编写黑板报的任务。我会根据农时和形势的需要写一些诗歌或散文,站在桌子和凳子叠起的台子上,将自己的习作抄到黑板上面。平土造田的时候,我写《绘新图》:"筑路造田,我们追星赶月;开河垒堰,我们挟风携电……"冬天的晚上开展义务劳动,我就写《劳动号子》:"冬夜,大雪纷纷,地冻天寒。听!是什么声音夹着狂风飞旋?一阵阵,震撼着云空雪野;一声声,激荡在人们心坎……"春耕开始了,我写《耕耘曲》:"此刻,这里绿禾如绒,碧水涟涟,拖拉机声声喊大干;明日,该是金稻似毯,蛙鼓串串,收割机隆隆唱丰年……"表扬好人好事的时候,我就写《青年队长》:"率领创业队员战荒涂,日迎朝阳,夜披星光。三九垒堰,夯歌震碎一河冰;腊月造田,热汗融化十里霜。"每次抄完,我总要站在地上退后几步读上几遍,就像作品得到了发表,心里自鸣得意;如果有人仰头朝黑板看上一会儿,心里更是高兴,似乎找到了知音。

我环视餐厅,场地上一无所有,空旷如秋后的田野。当年这里除了有就餐功能,还是团员青年开展活动的场所,也是雨雪天气不能出工时大家追逐嬉闹、聊天唱歌的娱乐之处。记得在一个雪花纷飞的冬日,我将抄着曲谱的白纸贴在餐厅的墙上,教大家唱《过雪山草地》,室内响着"雪皑皑,野茫茫"的歌声,室外真的是皑皑白雪、茫茫田野,情景交融,印象深刻。

在这里更多的还是开会,开过生产动员会和总结会,也开过表彰会和批判会。我在农场期间曾经写下四本日记,其中就有与此相关的记录。

1977 年 8 月 26 日

今天晚上召开团支部委员会议,研究 Y 的问题。Y 是 1974 年的知青,因和 L 感情破裂,迁怒于 L 所管理的耕牛,在 7 月 9 日夜里在小牛身上砍了两刀,以达到报复目的。支委会研究后决定在 28 日晚上召开大队青年会议,对她进行批评帮助。

1977 年 8 月 31 日

继 28 日大队青年会议之后,今天夜里大队党支部召开批判帮助Y大会。约是晚上7点光景，开会的人正陆续聚集到食堂门口的会场，突然有人喊道："着火了！"大家抬头一看，真的，食堂边上的猪棚着火了，浓烟滚滚，烈焰腾空。人们忙乱起来，有的高声叫喊，有的连忙跑去拿脸盆到河里端水，有的拉来了除虫用的喷枪……经过大家的共同抢救，火终于扑灭了。但是，一个疑团却在我们的头脑中升起：为什么猪棚会突然着火？它与今晚的批判会是否有联系？

朝阳大队的怪事特别多！这些是否就是阶级斗争的反映呢？

日记记载的对Y的批判会就是在这里召开，而且我还在会上代表团员青年作了发言,痛斥Y的落后思想和破坏行为。站在故地，想起旧事，那种对万事万物都用阶级斗争的眼光来看待、来分析的思维方式，发言时的那种无限上纲、义正词严和煞有介事，恍若隔世却又似在眼前。

离开食堂的时候，我边走边回头。这是一处给过我温饱的地方，即便是咸菜汤、糙米饭，也喂养了我青春的身躯。这是一处我编织过文学梦想的地方，虽然黑板上的文字幼稚空泛，但谁又能怀疑那蕴含在激情之中的赤子之心，谁又能嘲笑一个青年在艰苦环境中不甘沉沦、不忍蹉跎的追求和向往？这也是一处留有我思想陈迹的地方，今昔对比，才能看清自己的精神如何一步步从僵化封闭中挣脱出来，知道了大千世界的丰富多彩。

农场食堂，对我来说已不仅仅是食堂！

消失在时光深处的水稻田

这次回农场，我最想寻访的是青年队的水稻田。裘万宏听了我的想法，便带着我向四胜塘走去。

2019 年的秋阳洒在我的身上，温暖而又干爽；但我的思绪却回到了 1976 年 10 月，激动之中略有惆怅。

那时我在西关二队已经半年，在一眼望不到边的棉花地里，经历了春天枯燥乏味的削地和夏天闷热潮湿的治虫，迎来了棉田一片银白的秋天。这个季节相对来说算是比较轻松的时候，农场雇佣了大批零工采摘棉花，我们这些男职工虽然也需要弯腰采摘，但更多的是负责过秤、记账，或是去晒场翻晒棉花、看守仓库。我已经逐渐适应了日出而作、日入而息的农场生活。

就在这个时候，我听到了要成立青年队，去新围垦的四胜塘种水稻的消息。

农场的土地经过几代人的围垦而成,二十世纪六七十年代,三门湾的围垦仍在继续,形成了一个个新的海塘。1975年又一个新塘围成的时候,正值第四届全国人民代表大会胜利召开,这个海塘就取名为"四胜塘",也算是向大会献礼。

1976年2月,宁波地区召开国营农场学大寨经验交流会,农业局的领导在小组会上提出:青珠农场这么大,光吃供应粮不好,要自己种水稻,保证口粮自给;农场青年多,可以考虑成立青年队。农场领导将此概括为"棉农不吃商品粮"向职工作了传达,并决定成立青年队到四胜塘种水稻。

在那个年代,参加青年突击队是一件荣耀的事,但毕竟是离开场部所在地去新的地方种水稻,相比在棉花地里干活更辛苦,虽然召开全场青年大会作了动员,但许多人还是心存疑虑。那时的我正值激情勃发的年龄,对去新的地方开创事业,充满了浪漫的想象,于是就报了名。11月3日,新组建的青年队向四胜塘进发,随后我们又将被铺行李搬到了朝阳居住点,开始了新的生活。我在那天的日记中写道——

> 今天,天好像格外高,地好像格外广,告别西关开赴四胜塘,我的心充满了战斗想望。
>
> 眼前的四胜塘辽阔宽广,刚机耕过的土地翻着泥浪,一条条田间道路,使我看到了田园化的轮廓。

别担心盐碱遍地像铺了一层霜,我们将用汗水将它洗尽冲光;莫要说四周无花一片荒凉,我们将用心血孕育出十里稻浪无边春光。

这种带有学生腔和时代痕迹的抒情,现在看来似乎过于矫情,但这正是我当时的真实感受。

秋风远远地吹来,将我的思绪拉回到眼前。从朝阳居住点到四胜塘并不远。我们走到朝阳塘和四胜塘的交界处,看到原先的坝址上杂树丛生,形成了一条林带。站在林带的缺口看去,当年的稻田成了池塘,一块估计是用来代替小船的木板系在水边,周围不见人影。裘万宏告诉我,青年队撤销以后,这里就已不种水稻,后来承包给养殖户开挖成了虾塘。虽然我事先已经知道水稻田早已不复存在,但看到眼前的景象,还是怅然若失。

我们站了下来,一起辨认着近处的田埂和远处的堤坝,寻找青年队四十多年前在这里留下的痕迹。

新围垦的海塘一般需要先种植"咸青"之类的耐碱植物,经过几年的"拔淡"后才能栽种农作物,尤其是水稻,更是不适宜在围垦不到两年的土地上扎根扬花。但当年的我们满怀豪情,立志要打破这一规律。

那时展现在我们面前的四胜塘,完全还是围垦后的原始模样,刚刚割去"咸青"的海塘地沟壑纵横、坎坷不平。我们穿着白色的"草鞋袜",肩上挑着装满泥土的畚箕,迎着寒冷的海风,一脚高一脚低地从高处走到低处,平整出了一百亩水田。

在盐碱地上种水稻,首先要解决淡水问题。农场请来了钻井队,打了一口几十米深的水井。当白花花的地下水顺着沟渠流进地里的时候,我们似乎尝到了初战胜利的滋味,却不知道地下水里含有百分之六的盐分,并不适合灌溉水稻。平整过的土地看起来已经差不多高低,但因为低洼处填的是虚土,一泡水就塌了下去,结果高的地方还是高,低的地方照样低。进水的土地无法重新平整,只好按照地势再筑田埂。

春天来了。场里派出两台35型拖拉机帮助我们耕田。新围垦的海塘地灌水后就像海涂一样黏性十足,一台拖拉机下到田里就陷了进去,另一台去拉,结果同样陷到泥里。后来只好开来大型链带式拖拉机停在塘坝上,放下钢索,才将两台陷到泥里的拖拉机拉走。用机械不行,改用耕牛,但牛腿照样陷到泥里拔不出来,只得用棍棒从牛肚子下面穿过,好几个人抬着才将牛拉出来。

到了插秧的时候,场里专门为青年队配置了大型插秧机,但由于水田坑洼不平,插下的秧苗东倒西歪,有的甚至浮了上来。农时不等人,只好从全场抽调人员手工插秧,每个生产队负责五亩,总算赶上季节,完成任务。

望着翠绿的秧苗,我们松了一口气,觉得胜利在望了,却不知道更为艰苦的日子还在后面。在棉花队的时候最盼望的是下雨,因为雨天就可以不用下地,或是集中起来开会,或是读报学习,有时甚至是放假记"雨工",照样算出勤。但在水稻队,梅雨季节正是耘田摸草的时候,往往越是雨天越要下田。古诗里的"青箬笠,绿蓑衣,斜风细雨不须归",对我们来说是"不能归",必须冒雨劳作。身上虽然穿着沉重的帆布雨衣,但弯着腰身摸草,一天下来,雨水还是淋湿了衣衫。

梅季过去,天就开始热起来了,这时稻虫开始繁殖,治虫成了主要任务。我们背着装满农药的铁皮"背包",蹒跚地走在绿色的水田里,在太阳的照射下,身上散发出汗水和药水混杂的气味。

1977年的夏天,四胜塘出现了稻穗金黄的景象,迎来了第一个"双抢"季节。我在那段时间的日记里有着如下记载——

紧张、繁忙、连续九天半的双抢战斗结束了。

我虽然以前在学校时也参加过双抢,但像现在这

第二辑　风的痕迹

样把自己放在主人翁的位置上还是第一次。早在双抢还远未到来时,我就担心这场战斗会很杂乱,心里也感到没有底。但不管我如何思想,这场激战还是不可避免地到来了。大队对双抢作出部署,抽调三队和一队的人员参加。这是一个何等激烈动人的场面啊!在100亩水稻田里,人们挥镰摆开战线,一片又一片金黄的稻浪倒了下去;三部打稻机同时发动,紧跟在割稻的队伍后面脱粒;运稻的拉着车子在泥泞的道路上用劲地跑着。7月30日,这场战斗在广播通知台风消息时达到高潮,终于在31日那天将全部早稻收割完。紧接着,抢插晚稻的战斗也打响了。真的,当人们把精力集中到劳动中的时候,什么苦啊,累啊,疲劳啊,统统都不会去想了。经过大家的努力,晚稻插秧终于在立秋这天胜利完成。

现在,早稻已经交售,总产12000斤,平均亩产120斤。这个数字实在太小了。但是,这可是从盐碱地里长出来的稻谷啊!心中的欢悦只有我们这些亲身尝受过创业艰辛的人才能体会!

我们沿着当年的机耕路缓慢地向前走去,走上了四胜塘大坝。这道塘坝曾经在 1997 年 11 号台风时决堤，经过整修加固，现在已经是现代化的标准海塘。站在坝上向外眺望，三门湾湿润的咸腥气味扑面而来，曾经潮汐起落的下洋涂几年前被围垦，已经看不出大海的模样，只有从恣意摆动的芦苇，依稀可见海风的律动。当年汪洋中遥不可及的"五屿门"，几座小岛也已成了陆地上的小山丘，它们在阳光下寂寥而立，仿佛在默默回想风浪中作为岛屿而存在时的雄姿。

我回头转向坝内，更清晰地看到了四胜塘的全貌。没有了水稻田的塘地上，布满了一个个虾塘，水面的光斑就像银子一样，跳动着、闪烁着，湮没了这片土地四十多年前的往事。而当我在人生的晚秋回望青春，盐碱地上种水稻的日子却难以忘记。在这里，我曾弯下腰身，贴近大地，深闻泥土的气息，并因此懂得了土地的宽广与厚重。是这片土地，增添了我前行的力量和底气。

塘坝逶迤着向远处延伸，我朝四胜塘深深地看了一眼，才转身离去。

中文系情结

序

我有中文系情结。

最初是在父母之间的书信往来中知道中文系这个词组，无论是父亲的来信还是母亲的去信，信封上总有"中文系"三个字。那时我不清楚中文系是干什么的，但因为那里有我的亲人，所以感到亲切。后来明白中文系的全称是"中国语言文学系"，那里的学生整天上语文课，可以看小说。我喜欢！于是给自己定了一个目标：将来我也要上中文系。

是谁在呼唤我的名字

一

第一次与中文系近距离接触是在1967年的早春。那时正兴盛"大串联",大学停课了,父亲借机从上海回到了老家。我跟随母亲在乡村小学上四年级,虽然小学生不在"大串联"的范围,但上课也徒有虚名,没有课本,不用考试,上课不上课都一样。当父亲回上海的时候,决定带我一起走。

父亲所在的上海师范学院坐落在市区西南角的漕河泾地区。学校门楼跨路而建,从徐家汇而来的桂林路到了校门口戛然而止,43路公交车到这里便是终点。进了大门,一条小河将学校分成东西两区,向左是东校区,向右是西校区,一座木桥横跨河上,将两个校区连在一起。父亲说,东校区是上海音乐学院的旧址,1958年师范学院建立时划了过来,原来的红砖琴房就成了教师宿舍。琴房可真小啊,放进一张单人床、一张小书桌以后,连转身都感到困难;但大学可真大啊,比我们的村子还大。

初到大学的我,整天在校园里游逛。那一年上海的早春很冷,琴房边的小河、河上用竹条铺面的小桥都结了冰,每个早晨过桥的时候得小心翼翼。过了桥,穿过礼堂,就到了东部校区的主干道。中文系的办公楼与主干道隔着一片草坪,玻璃门、玻璃窗、红砖墙、大屋顶,使我这个从乡村

第二辑 风的痕迹

祠堂小学走来的少年叹为观止。更使我兴奋的是学校的气氛。主干道两旁竖起了成排的张贴栏，上面层层叠叠贴满了大字报，往往老的还来不及看完，新的就覆盖了上去。我每天拿着一个小本子，看到有新的感兴趣的内容就抄下来。周围看大字报的人见我这么小的年纪在摘抄，往往会好奇地凑过来朝我的本子看一眼。从满墙的大字报上，我学到了不少新的字和词，知道了什么是排比句，什么是反问句，知道了怎样去驳斥对方的观点，知道了怎样的文章才有气势。

那时的漕河泾还是郊区，学校周边还可以看到田野。星期天，父亲和我就会踏着煤渣铺成的小路，闻着路边零星工厂飘出的煤烟味，到漕河泾镇上吃一碗阳春面改善伙食。镇上虽然没有铺天盖地的大字报，但还能看到标语的残迹。我们一边走路一边说话，父亲说，以后的历史书肯定会写到"文化大革命"。这话在十岁的少年心里留下了很深的印象，我为自己能成为历史的见证者感到幸运。父亲也曾带我去龙华看火车，我站在铁道边上，看着列车呼啸而来、轰然而去，情不自禁地就想到了"时代的列车"这个在报纸广播中经常出现的词语，少年之心怦怦跳动。懵懂少年想不到的是，这场史无前例的"大革命"一搞就是十年，几代人被卷入其中，使中国这列火车濒临颠覆，国家和民族伤痕累累，也深刻地影响和改变了少年的人生轨迹。

是谁在呼唤我的名字

二

再次来到上海,已经是五年后的1972年,我刚初中毕业。那时上海师范学院和华东师范大学等五所院校合并,叫上海师范大学,父亲的工作地点换到了原来的华东师大校区,这里也是他的母校。

华东师大的正门在中山北路。走进校门映入眼帘的是一条林荫道,夏天的太阳透过法国梧桐的枝叶,在路上映出斑驳的光影。沿着林荫道往前,右侧是大礼堂和文史楼,楼前的草坪上,高高地竖立着一座领袖塑像。再走过去,就到了丽娃河。关于这条河有许多传说,有一种说法是华东师大的校园曾经是一位十月革命后流亡上海的白俄贵族的私家花园,这位贵族有一个漂亮的女儿叫丽娃,她爱上了一位中国的穷书生,却遭到父亲的阻扰,于是在一个下雨的春夜跳进了这条河,小河因此而得名。也许因为这条小河的传奇性,丽娃河出现在不少作家诗人的笔下,尤其是有华东师大背景的人,往往将这条河作为文学书写的对象,赋予其梦幻的、浪漫的色彩。一位名叫吕约的华东师大毕业生写道:"……一条小河横穿其中,缱绻的柳枝一直垂到水面,夹竹桃和丁香的香气混合在一起,樱花无声地飘落。这条名叫丽娃河的小河,在园子的中部分成了两条支流，两条支流环抱着夏雨岛。这座为重重花柳所覆盖的小岛，面积不大，布局却极为繁复，就像黄蓉的桃花岛。它属于夜晚，属于情人。许多爱情在那里起源，有可能又在那里终结。它直接影响了整个师大校园的情绪。每当江南的梅雨季节来临的时候，雾气氤氲的丽娃河，岸边的垂柳，夏雨岛，一座座小石桥，以及远远的笛子声，就像梦境一样。"当然，吕约写的是八十年代华东师大学生心目中的丽娃河，而在1972年，丽娃河不过就是校园里的一条普通小河，那些梦幻的、浪漫的色彩要么就没有过，要么已经在时代的风雨中剥落掉尽。我曾经站在丽娃河的拱桥上拍过一张照片，在我这个看惯了真山真水的15岁少年眼里，这条小河平淡无奇，并没有引起多大兴趣。

我感兴趣的是中文系阅览室里的书报杂志。那时大学已经恢复招生，那些被称为"工农兵学员"的人，通过不同途径的推荐，从田间地头、工厂车间、部队军营走进了大学课堂。父亲他们也陆续从五七干校回来，重新开始备课上课的生活。教师和学员同住一幢学生宿舍，两人一间，和父亲同住的是老家在浙江仙居的徐老师，床是上下铺，我就睡在父亲的上铺。那时开始有了一些新的出版物，父亲从图书馆借回诸如《虹南作战史》《牛田洋》之类的小说，到了晚上，父亲和徐老师在灯下备课，我就在旁边看书。有一次我一个人在校园里转悠，无意中在文史楼发现了中文系的阅览室，从门口往里张望，看到一排排的图书和报刊杂志，心里痒痒想进去，但又怕没有证件不让进，只得悻悻而回。但阅览室的诱惑难以抵挡，隔天我再次转到那里，在门口徘徊，这时正好有几个学生模样的人走了过来，其中一个掏出证件，管理员看了一眼，其他人就一起进去了，我连忙跟在他们后面，侧着身子进了阅览室。与现在图书馆、阅览室的信息化、数字化相比，那时的大学阅览室乏善可陈，但当时在我看来就是书的海洋，我还从来没见过这么多的书籍报刊。我看了看周围，大家都在看书，并没有人注意到我，就连忙走到书架前，也不管是什么书，抽了一本就看了起来。后来的一段时间，我就这样到阅览室看书，俨然也成了一名"工农兵学员"。很多年过去后，一想起华东师大，首先浮现在我脑海的，并不是浪漫唯美的丽娃河，而是文史楼里那间并不起眼的阅览室。

三

1975年夏天，我从高中毕业。那时我正热衷文学，萌发了写诗的念头，并开始在县文化馆的刊物上发表习作，这使我对中文系更为向往。但在当时的招生体制下，我要

第二辑　风的痕迹

上大学是不可能的,中文系对我来说,不过是一个美丽的幻梦。在等待下乡插队的日子里,我到了上海。这时,上海师大系科布局调整,中文系搬到了原师院的校园,我又一次踏进了桂林路的那座校门。

此时父亲他们经常带着学生去农村和厂矿"开门办学",我故伎重演,还是去阅览室和图书馆"蹭读"。那几年上海有两本杂志非常有名,一本是《学习与批判》,一本是《朝霞》,现在当然知道这两本杂志有着复杂的政治背景,里面的内容也算不上真正的学术研究和文学创作,但当时对我这个患有"阅读干渴症"的人来说,不啻解渴之水,在图书馆的"过刊室"里,我把这两本杂志创刊以来的文章全部读了一遍。一些"文革"前出版的文学作品也开始有选择地上架,记得我在图书馆就抄写过李瑛在1963年出版的诗集《静静的哨所》和《红柳集》。

在校园里行走,不时会碰到一些令我感兴趣的活动。有一次我就遇见上海电影制片厂在拍电影,只见一个小姑娘从教室里冲出来,脸上一副愤怒的表情,一个教师模样的女人在后面边追边喊。后来才知道这部片子叫《小将》,讲的是中学生"交白卷""反潮流"的故事,导演是中叔皇,饰演主角的是张芝华。现在来看这部片子,会对学生们的举动感到匪夷所思,但那时"交白卷"却是一种"政治正确"。学校礼堂也经常会播放电影或举行文艺演出,有的卖票,有的免费,凡有此类活动,我总是想办法进去观看。在一次学生的演出中,我听到了诗朗诵《理想之歌》。这是一首由北京大学中文系1972级创作班"工农兵学员"在1974年创作的长诗,表现的是北京知青去延安插队的高昂激情。这首诗有着很浓重的政治口号式的调子,但在当时的特定背景下,产生了广泛影响。我买过收有这首长诗的集子,对诗歌的内容非常熟悉,但在现场听朗诵,心情还是感到激动——

    红日、
      白雪、
        蓝天……
    乘东风
      飞来报春的群雁。
    从太阳升起的北京
      启程,
    飞翔到
      宝塔山头,
    落脚在
      延河两岸……

诗中着力表现的那种理想主义和浪漫主义的激情，现在可以说它矫情，但那时确实鼓舞了我，使我对即将到来的知青生活充满向往：既然上不了大学中文系，那就去广阔天地书写青春吧！

尾

两年后的 1977 年冬天，我终于有机会从农场的盐碱地走进高考考场，曾经遥不可及的目标变得近在咫尺。为了这个目标，我爬山越岭去求学，在困难的日子里心存希望；为了这个目标，我有过理想幻灭后的迷惘，更有灯下苦读的坚持。拿到报考志愿表的一刻，我毫不犹豫地在仅有的几个志愿栏里一一填上中文系。在 1978 年那个万象更新的春天，我跨入了属于我的大学校门，重新坐在教室里，开始了少年时代就心向往之的中文系的学习。

记得当年高考时

1977年10月,我已经在宁海县青珠农场劳动一年半,在潮涨潮落的大海边谱写着自己的"青春之歌"。那时,我的社会身份是"知青",但职业身份是"农工",不会再有招工的可能,我也已经作好扎根农场一辈子的打算。

在上海高校任教的父亲的一封来信,激起了我心中的波澜。父亲告诉我中央已经决定恢复高考,要求我抓紧复习功课。上大学是我的理想,但这个梦早已破灭。听到恢复高考并且是通过考试择优录取的消息,我上大学的理想瞬间复苏,没有丝毫犹豫,当即决定报考。

我1963年上小学,读的是祠堂里村办学校的复式班,还未读完三年级就遇到了"文革"。小学毕业在家闲住半年后,到宁海和象山交界的车岙港边,在村办的"戴帽中学"读初中,第二学期转回老家桑洲的中学。那时的高中和大学一样实行推荐入学。1971年初中毕业后我就投靠亲友去打零工,直至1973年地处天台山脉的千米高山冠峰岗办起"五七学校",负责招生的岔路区"教办"负责人是我初中校长,对我的学习成绩有印象,破例招收我上了冠峰中学。这所学校的前身是公社林场,我们半天上课半天劳动,采茶种树,砍柴挑沙,自己烧窑盖校舍。

  由此可见,我接受教育的过程比同龄人更为坎坷,学的知识支离破碎,尤其是理科底子可以用"一穷二白"来形容,所以我决定报考文科。因为相对来说,我的文科基础稍好一些。在那些无书可读的日子,我千方百计寻找可以阅读的东西,哪怕是地上一张有字的纸,都要捡起来看看。记得上初中时有一段时间,我每天按时到与学校一路之隔的公社办公室窗外等着,看到邮递员送来报纸,就趁上架之前,将桌上的报纸偷偷地拖过来读。后来公社的人也知道了我,见我去了,就主动把报纸拿给我。高中阶段迷恋上写作,做起了"文学梦",后来在农场繁重的劳作之余坚持创作,在《宁海文艺》发表诗歌,并参加过县里的文艺创作座谈会。这也为我报考文科增添了信心。

  一时间,高考成了人们谈论的焦点,尤其是年轻人群情激奋、跃跃欲试。各学校都把毕业生召回去复习。由于长街区（农场所在地属于长街区）报考人数太多，长街红旗学校组织了一次考试，准备选取基础较好的集中起来复习，我也参加了这次考试。记得一天晚上场里放露天电影，放映员宣读去长街集中复习的名单，但因为我不是红旗学校的毕业生，没有听到我的名字，心里一阵失落。

接到红旗学校复习通知的可以名正言顺地请假，一些县城来的知青也回去了。母亲来信要我回家去岔路中学复习，但当时正是晚稻收割季节，我不好意思请假，只得白天照旧下地劳动，晚上一个人在灯下复习到深夜。

说是复习，其实也没有资料，母亲寄来我用过的高中课本，我就从头至尾把数学习题做一遍，因为没人辅导也没人讨论，效果可想而知。语文基本没有复习也没法复习，有空时就翻翻《新华字典》。就这样，一直到11月20日参加宁波地区的初试，心里也没个底。

地区初试在红旗学校进行，就考语文、数学两门。其他的题目已经记不住了，只记得作文是《十月》和《怀念》二选一。我写的是《怀念》。从棉花地里听到广播传来毛主席逝世的消息，禁不住眼泪打湿棉花叶写起，回顾了毛主席的丰功伟绩，抒发了怀念的心情和继承遗志的豪情，写的都是当时流行的话语。一则简单的古文翻译，把"吾"

第二辑 风的痕迹

翻成了"你"。数学差不多交了白卷。自己对这次考试非常不满意,心情有点沮丧,觉得没有希望参加省里统考了,所以回来后也没继续复习,心想等明年再考吧。

12月2日清晨,我在睡梦中被室友叫醒,广播里正在播送地区初试合格名单,农场有十四名考生可以参加省里统考,里面有我的名字。这时我睡意全无,十分兴奋,至少有参加省里统考的机会了。

第二天开始,长街区的考生全部集中到红旗学校上课,分文理科组织复习。我每天搭乘好友陈金火的自行车,一早从农场出发,路上需要一个小时,傍晚下课后再赶回农场。

上语文课的是黄金法老师。一次他布置作文,题目是《为了明天》。之后他找到我,问我地区考试时写的是哪个题目。后来一位同学告诉我,黄老师看了我的作文,认为以我的文笔,对付高考作文应该没有问题。全省统考科目文科是语文、数学、政治、史地。听黄老师这样一说,我对语文心里有了底;因为我一直比较关心时事,觉得政治也不是大问题;数学是我的弱项,想要在短时间内得到很大提高也难;历史与地理记忆的成分多一些,而前阶段基本没有复习,应该作为重点。在接下来的一段时间里,我白天在课堂上课,晚上的时间都用来复习史地。历史好夕有一本教科书，而地理在中学时根本没有开课，手头仅有的一本《知识青年地图册》就成了我的复习资料。

12月15日，我终于走进了改变命运的高考考场。考试前夜，我在日记里激动地写道："经过十多天的紧张复习，明天，我们就要向党汇报、接受祖国的挑选了！"连续两天的考试，一些细节已经模糊，但那种兴奋甚至是神圣的感觉至今还难以忘怀。

四十多年后，我在网上再次看到了当年的语文试卷，就像故友重逢，分外激动，但也惊呼："如此简单！"但就是这简单浅显的题目，难住了当年的我们。走出考场，大家议论纷纷，相互询问："高屋建瓴"的"建"到底什么意思？毛主席诗词中带点的字答对了吗？对古文"齐人攫金"的寓意更是众说纷纭、莫衷一是。

记忆最深的是作文题《路》。当时普遍流行社论体和大批判文章，把《路》作为题目令人意外，但对我这个"文学青年"来说，却是正中下怀，看到题目一阵惊喜，稍一思索就提笔写成了一篇抒情散文。作文的开头是，我求学的高中办在千米高山，每次返校都要在崎岖的山路上跋涉攀登……接着写途中的艰辛和到达顶峰的喜悦，然后就从现实的路联想到中国革命之路，最后不忘点题：为了明天，继续攀登。虽然稍显牵强，但也符合当时通行的逻辑和

第二辑 风的痕迹

写法。

记得地理试卷有两道读图题，事后才知道，一道是美国地图，要求填出"墨西哥湾"和"落基山脉"；一道是"长三角"地图，要求填出"杭州湾"以及几个城市。"长三角"地图我看懂了，但美国地图没看出来，结果"死海""黑海"乱写一气。两天的考试，我觉得基本得到发挥，会答的都答了。

考试结束后我回农场继续劳动，直到1月9日参加体检。据说是按招生名额1∶2.5的比例确定体检人数，宁海街头张贴了全县所有上线考生的名单。体检过程稍有波折。当时我正好生病挂针，拔掉针头和同伴一起乘车去力洋区卫生院，途中冷风一吹，当晚就发高烧，结果体检时心跳过快，后来证实是发烧引起的，总算有惊无险。

忘记是考试前还是考试后填的志愿，只记得《浙江日报》用一个版面刊登了招生学校和专业，我报的三个志愿先后是杭州大学中文系、浙江师范学院中文系、杭州大学历史系。

春节后，农场一起参加高考的已经有人接到录取通知，但我的通知并没有如期到来，于是我着手制订复习计划，准备参加1978年的高考。我利用休假时间去岔路中学葛才丁老师处讨要复习资料，他是我初中的语文老师，"文革"前毕业于南京大学。葛老师也许是为了安慰我,就说:你的成绩应该没有问题,可能还是"政审"的原因。随我一起去的亲戚又从另一个角度安慰我:"政审"应该不会有事,还是分数不够吧。

3月17日,我接到通知去红旗学校重新填报志愿,才知道要扩大招生。那一年的考试成绩并不通知考生本人,红旗学校的老师告诉我,留下的考生里我的分数是最高的了。扩大招生的学校大多有走读要求,我就填报了能够住宿的浙江师范学院金华分校。

4月8日傍晚,去红旗学校复习的陈金火替我领回了录取通知,我在农场的桥头等候,远远地就看到他骑着自行车扬着信封在喊:"台州中文系,台州中文系!"这个镜头伴随着春日的晚霞,永远定格在我的脑海里。

1978年5月,我告别了生活、劳动整整两年的青珠农场,踏进了浙江师范学院台州分校的大门,开始了我人生的新征程。

第三辑

大地行吟

大自然有山川河流、阳光雨露，有花草树木、鸟兽虫鱼……人只是万物中的一员。但大地上还有阡陌纵横、屋宇俨然，还有炊烟烽火、笑哭歌吟……人在其中，创造了生活，书写着历史。

　　行走大地，我赞美自然，也感叹人迹。

到老里克湖去看雪

MU5387航班在延吉的朝阳川机场降落的时候，天已经黑尽。我从江南飞来，对腊月时节北国的寒冷虽有足够的思想准备，但踏出机舱的瞬间，一股凛冽的寒意仍然使我猝不及防。接机的主人热情地招呼我们尽快上车。我的身体已经坐进车里，眼睛却从车窗往外睃巡——我在寻找传说中的白雪。但夜色沉沉，既没有雪花飞舞，也没有雪光炫目。主人看出了我的心思，告诉我说，今年延吉市区没有下过大雪。我的心里顿时有些失望。他接着又说，我们明天到老里克湖去看雪。

老里克湖？一个陌生的名字。

第二天一早，我们朝着老里克湖进发。汽车驶出市区，四周变得空旷，视线毫无遮拦，远远的有戴着雪帽但并不很高的山峰出现。山的下面是村庄。靠近村庄的地方，看不清是马还是牛，星星点点散落在野地里。从车窗看出去，景色就像一幅黑白版画，线条清晰，质感强烈。

我向主人打听老里克湖。他也是来自南方，对老里克湖知之不多，只知道是海兰江的发源地。海兰江！听到这个名字，我想起了二十世纪七十年代一首流传很广的歌曲，开头的几句是：红太阳照边疆，青山绿水披霞光，长白山下果树成行，海兰江畔稻花香……马上，我就要看到海兰江的源头了。

汽车开始进山。两边的树木从无到有、从小到大，慢慢地密集起来，各种杉树、松树、桦树和枫树从窗外掠过。虽然是隆冬季节，山上各类树木都已褪去颜色，只剩点点白雪挂在枝头，但可以想象，当春风吹来的时候，万千树木汇成绿色的海洋，那该是多么壮观；而到了秋天，树木又像一支支彩笔，以各自的颜色描绘出五彩缤纷、层林尽染的景象，呈现出大自然的丰富多彩。难怪主人自豪地告诉我们，延边是一个值得一年四季来旅游的地方。

渐渐地，看到的雪越来越多，远山近树银装素裹。我在心里暗自赞叹：好一派北国风光！道路上的积雪虽然经过清扫，但仍然有着似冰似雪的覆盖层。主人紧握方向盘，小心翼翼地驾驶车辆，沿着前车压出的轨辙缓慢前行。

转过一个弯道，一组建筑物出现在眼前，其中一座大房子上面用中文、朝鲜文写着：老里克湖游客服务中心。我们下车，双脚踩到雪地上，马上感觉到一股冷气从脚底渗了上来。在服务中心的大厅里，我看到了关于老里克湖的介绍——

老里克湖位于中国吉林省延边朝鲜族自治州和龙市与安图县交界处甑峰山的西北老里克山顶，是高山湿地中的季节性湖泊，面积约二十万平方米。每年的十月开始，西伯利亚南下的寒流和日本海北上的暖流在这里交汇，两种气旋搅合升腾，形成了厚实的降雪锋面，因此这一区域降雪频繁、雪量极大，平均厚度在一米以上，最深处有三五米，且雪期长达六七个月。

我们换了雪地鞋，绑起护腿，戴上皮帽和口罩，全副武装，真正开始了老里克湖之旅。

最先迎接我们的是一个用冰雪堆砌而成的隧道，洞壁上雕刻着山林景色，就像很多旅游区都有的那些人造景点，有着明显的人工痕迹。不过，将冰雪隧道作为进山的入口，营造出一种别有洞天的感觉，倒颇有新意。当我们穿出隧道，立刻进入了另外一个天地，扑面而来的是漫山遍野的树、触目皆是的雪！树，一棵挨着一棵，挺拔向上，直刺

是谁在呼唤我的名字

天空；雪，铺积在地上，停留在树枝，随着山坡的起伏和树木的高矮，构成了千姿百态的雪景。我们沿着用绳索拦出的山径行走，小心翼翼，唯恐一脚踩空陷入雪窟。走着走着，慢慢地便放开了脚步，伸出腿去试探山路旁边的积雪到底有多厚，甚至走进树林，摆出各种造型和树木、雪堆合影，想把这山、这树、这白雪带回去。

在树林中穿越，在雪地上行走，脑海中情不自禁地跳出了"林海雪原"四个字。这是一部小说的名字，它描述的深山剿匪故事给我们这代人留下了太深的印象，后来被改编成戏剧、拍成电影，取名为《智取威虎山》，更是家喻户晓、人人皆知。此刻置身深山老林，仿佛看到剿匪的士兵身披斗篷、脚踩雪橇，正从树丛狭窄的缝隙穿出，带着一阵风，从我们的身边滑过。当我们走近一道用木条架起的院门时，突然看到几个壮汉，恍惚间似乎来到了座山雕盘踞的威虎山。当然，这些都是想象，那带着风经过我们身边的是载客下山的雪地摩托，那壮汉守门的院子不过是游客中途歇脚的地方。

《林海雪原》描写的故事并不是发生在这里，但我们从服务中心的介绍中得知，当年的东北抗联曾经将老里克湖一带作为宿营地，爬冰卧雪，转战在密林深处。新中国成立后，这片山林也曾谍影幢幢，二十世纪五十年代初就发

第三辑 大地行吟

生过一场歼灭美国中情局空投特工的战斗,后来被拍成电影《寂静的山林》。多少年过去了,岁月的山风吹散了硝烟,皑皑白雪掩埋了血痕,老里克湖已经成为旅游胜地,和平环境下的人们有了更多的闲情逸致,来这里听风、看雪,享受着美好时光。望着眼前的雪、身边的树,看着兴致勃勃摄像拍照的伙伴,我在心里祈祷,但愿战争永远不再降临,让那枪声和鲜血只是在故事里存在,告诉人们要好好珍惜这片宁静。

我们继续往前行走。山上没有风,但脸庞冷得刺痛;四周皆是冰雪,但身上开始出汗。我们向迎面走来的返程游客打听离老里克湖还有多少路程,心里热切地盼望着快快看到那个神秘的湖泊。就在我们体力不支、脚步缓慢的时候,不经意间抬头一望,隐隐约约地看到远处的树丛间有一片空地,主人告诉说:那就是老里克湖!哦,老里克湖!老里克湖!我们加快步伐,不顾脚下高低不平,连走带跑地奔向目标。

老里克湖,海兰江的源头,我来了,但湖又在哪里?这个季节当然看不到碧波荡漾,但也没看到结成坚冰的湖面呀!出现在我们眼前的是一片雪地,宽广、平坦,在一圈树木的护卫下,无声无息,就像一个产后的母亲,盖着雪白的被子,如释重负地睡去,疲惫而安宁;又像一个劳作后小憩的父亲,敞开衣襟,任凭冷风吹拂袒露的胸膛。看着眼前的情景,很难想象海兰江就是从这里出发奔向远方。这时,我对"风起于青蘋之末,浪成于微澜之间"有了更直观的理解。而现在,劳累的老里克湖在休整,更是在积蓄力量等待春天的到来。漫长的冬季终将过去,当冰消雪融的时候,老里克湖就会在春风中醒来,用一面湖水接纳蓝天白云,用潺潺水声催开金达莱红色的花朵、白桦树绿色的枝条。那清澈的水流,就像母亲的乳汁、父亲的汗水,源源不断,一路流淌,穿过沟壑,跳落岩崖,汇成一条唱着歌的海兰江,浩浩荡荡而又温情脉脉,灌溉出百里平畴稻米飘香,滋养着两岸村屯各族子民……

天,开始下雪了。雪花飘飘洒洒,似白色的精灵,落在山上,落在树上,也落在老里克湖上。又有一群游客来到湖边,男男女女,衣着鲜艳,一条红围巾被众人轮流系在脖子上拍照,在白雪的映衬下如火一般。有的人甚至在雪地上打滚撒欢,欢乐的笑声在老里克湖上空久久回响。

下山的雪地摩托在等着,我们挥手与老里克湖告别。从此以后,无论是冬天看到雪,还是夏天看到水,我都会想起这片山林这个湖。上山时走了两个多小时的路程,雪地摩托风驰电掣,不到十分钟就将我们送到了山下。回头望去,山上风雪弥漫,我们已经远远地离开了老里克湖,我的心里竟然有了一丝不舍。但转念一想,其实每个人生活的地方都有老里克湖,因为一座山峰、一湾湖泊、一条江河的名字叫什么并不重要,即便是无名小河、默然水塘,也和老里克湖一样,与山川大地、江河湖海一起,共同哺育着人类,值得我们依恋和尊敬。

桃花灿烂

老林给我发来短信:"林家村的桃花开了,欢迎来踏青赏花!"

这时候,我乘坐的汽车正行驶在敦化开往延吉的公路上,车窗外呈现的是萧瑟景象,河流中的结冰似融非融,背阴处的积雪似化非化,目光所及很少看到绿色。连着几天在延边行走,陪同的朋友几次解释,现在是延边最不好看的季节,既没有五月的葱茏,更没有九月的斑斓,而冰雪的晶莹也已渐行渐远。但不管怎样,在北国,我总觉得还置身于冬天之中,难道奉化的桃花开得这么早吗?

带着一丝疑虑,我给曾经在林家村驻点的老陆打去电话,询问这个时候是否真的能看到盛开的桃花。他给了我肯定的回答,并语气急促地说:"来吧!来吧!我也和你一起去。"

回到宁波的第二天,我们就去了林家村。

我并不是第一次到林家村。这个位于奉化八面同山日岭脚下的村庄,拥有万亩桃园,是一个出产水蜜桃的专业村。更不寻常的是,这里有耕读传家的乡风,村民人人善珠算、会书法,可谓"左手算盘右手笔,出门劳动进门书"。村里每年都要举行文化节,手有老茧的村民在桃园里摆开阵势挥毫泼墨,桃花盛开的村庄,流淌着馥郁的花香与墨香。

而老陆比我更熟悉林家村,多年前驻点时,他走遍了这里的山坳和农户。但即便如此,当车子在村口的大樟树下停住,眼前的长廊、彩灯和崭新的连排农居,还是令他连连惊呼,直说已经找不到旧时模样。

更吸引人的恐怕还是村口照壁上的那句"天下第一桃园"的宣传语。我不知道这里的桃园是否天下第一,我也很难去求证哪里的桃园是天下第一。但当我们转过村子抬眼远望,那漫山遍野的桃树,那如云似霞的桃花,着实令人震撼,不知不觉就从心里认同了这个"天下第一"。

沿着桃园中的步道向前走去,桃林就像涨潮的海水,一浪一浪地在身边退去又围拢。踏着石级攀登,站在山顶向四周眺望,视野中的桃林更像一望无际的海洋,而遍地绽放的桃花恰似朵朵浪花,在春风中摇曳,在蓝天下展露出迷人的姿容。转身看山下白墙黑瓦的林家村,在桃林的环抱中像一艘扬帆的航船,正在三月的阳光下破浪前行。

望着眼前的景色,同行的朋友怂恿我唱首歌,就唱那首脍炙人口的《在那桃花盛开的地方》。正是周日,赏花的人摩肩接踵,男男女女在桃花丛中摆出各种姿势拍照留影,一个个笑靥如花。我虽然有一展歌喉的冲动,但在这样的场合,终究没有放歌的勇气。

朋友的提议倒让我想起了还处于春寒料峭中的北国边陲,想起了关于这首歌的故事。那是在二十世纪七十年代初期,北部边境局势正紧,词作家邬大为到边防哨所采风。正值数九寒天,野地里的气温低于零下四十摄氏度,一杯热水拿到室外,几分钟就结成了冰。战士们从傍晚开始在雪窝里潜伏放哨,一直到天蒙蒙亮才返回营地。邬大为看到一位小战士全身发白,摘下的口罩"沙沙"地直往下掉冰碴。他问小战士冷不冷。小战士说:"冷,就像猫咬一样地疼。"问最冷最苦的时候想什么,小战士回答:"我在这里看到的是漫天雪花,而现在我的家乡却已是桃花盛开的季节,想到那片片桃花,再冷再苦也不觉得了。"寒冷的边陲风雪,战士的铁骨柔肠,触动了词作家的炙热情感,一

首歌词由此诞生。

后来才知道这位战士来自奉化,而邬大为的故乡恰好也是奉化,因此有人认为这首歌唱的是奉化的桃花。其实,他们是不是奉化人并不重要,是战士和创作者对故乡与祖国的热爱、对春天与和平的热望,成就了这首名动天下的歌曲。这首歌写的是哪里的桃园,唱的是哪一片桃花也不要紧,祖国的每一条河、每一座山、每一处景色都令人向往,都值得赞颂。

时近中午,我们恋恋不舍地离开林家村,告别了这片如诗如画的桃花林。用餐的时候,老林说,欣赏了桃花之后,应该喝一杯蜜桃酿成的美酒。不善饮酒的我便以歌代酒,感谢老林的盛情,感恩这片开花的土地。唱过《在那桃花盛开的地方》后意犹未尽,接着又唱了同样由邬大为作词的《重回桃花盛开的地方》——心中的桃园,梦里的故乡,见了面却不敢认你的模样……歌声在荡漾,朋友们随着歌曲的节拍击掌应和,喝过蜜桃酒的面庞桃花般红润,就像把春天写在了脸上……

草原印象

路

我们向草原进发。

这个高原小城其实就建在草原上，只不过因为近年新造的楼房日益增多，在城里就少了草原的气息。

开始的路和在任何城市里所见的一样，宽阔、平坦，车轮碾过，毫无声响。但转过一个街角，路就开始变得狭窄，好在行人稀少，车子照样可以开足马力，朝着既定的目标前进。

也就在突然之间，视野变得开阔，草原就在眼前。但与此同时，车子却变得缓慢。先是一群牛出现在路上，然后是一群羊跟在后面，悠然懒散地从车前横穿而过。车子重新起步，但开不了多久，又有一群牛或是一群羊出现在面前，于是车速再次放慢。就这样，一而再、再而三地开车、停车、停车、开车，这个过程，好像是为了调适旅人的心态，我们的心情慢慢变得散淡，不再那么急切。我转身望着车窗外绿色绵延的草地和缓缓流动的白云，思绪竟然有些恍惚，仿佛自己就是那个扬鞭的牧人，正跟在羊群后面，在草坡上诗意地游憩。

慢慢地，路越来越窄，也越来越崎岖不平，最后索性没有了规定的路径，越野车碾过草棵径直朝草原深处驶去。这时，我们已经远离城市的喧嚣，所有琐事和烦恼都已抛在身后，情绪被车子高低起伏的节奏所带动，升腾起一种原始野性的冲动，思想被草原无边无际的气势所引导，一点一点地朝着充满绿色的方向延伸。

草

我们站在草原上。

七月的草原，草已经很深了，双脚一落地，就被草淹没了。这里的草超出了我对草原的预想。在我的想象中，草原应该就像城市的草坪，或者是足球场那样，草叶细细的、柔柔的，看上去整齐划一，摸上去丝绒般滑顺，早晨的阳光照耀着，露珠在草尖透出晶莹的光。不！这里的草是随性的，也是棘手的，有的高，有的矮，有的粗粝，有的纤细，是那么的无序和杂乱，却又是那么的生机盎然。

草原的草有着最自然的本色，却并不让人感到单调。在高高低低的草丛中，开放着无数的小花，各种颜色的花朵，有着不同形状的花瓣，它们是草的组成部分，与绿色的茎叶一起，在天空下铺展开一幅色彩缤纷的图画。

我虽然说不出这些草的名字和种类，但知道每一棵草都有存在的价值，每一朵花都有开放的理由。站在草原深处，和草们亲密相处，我也更加明白这样一个道理：生命应该自由恣意，世界应该丰富多彩。

河

我们看到了草原上的河。

这是一条窄窄浅浅的河。不知道它源自何处，也不知道它流向哪里，从河滩左右弯曲的姿态，可以看到河水随着季节改道的痕迹。

我们来自江南水乡，那里河流密布，水道纵横。家乡的河啊，都被高高的堤坝框定着，河水规规矩矩地流淌，就像听话的小学生，不会越雷池半步。草原上的这条小河，却完全是原始的，处于野性状态，清亮的水在蜿蜒飘逸的河床里自由自在地流动，就像不谙世事的孩子在原野上奔跑，步履矫健，活泼而灵动。

小河臂弯环绕的地方，绿草似乎更加茂盛，草丛中点缀着红色、黄色、紫色的花朵。小河旁边的山坡下，有牧民搭起的一顶白色帐篷。我们到达的时候，正好看见有羊群涉过河水去草滩吃草，牧羊姑娘提着木桶从河里汲水，帐篷顶上升起一缕牦牛粪点燃的炊烟。同行的朋友随手拍下这一景象，发到微信朋友圈，一时间就获得了不少点赞。

歌

我们听见了草原上的歌。

这歌声来自远处，高亢的、绵长的，但又好像就响在耳边，呢喃着，诉说着，再仔细倾听，这歌声就发自我们的内心。

在七月的草原，风，就像远古的语言，虽然听不懂但教人感动。在风的鼓动下，花与草似乎有了灵性，身姿摇曳，舒展妙曼，甚至有些妖娆，就像湖面上的芭蕾，令人陶醉。极目远眺，山高云低，天宇浩渺，绿色的草滩上，棕色的是牦牛，白色的是羊群，马匹在肆意奔跑，这时我们就有了放开喉咙高声歌唱的冲动。不必讲究发音技巧，也不用区分是藏族民歌还是蒙古长调，尽可以随心所欲，或激烈粗犷，或悠扬舒缓，甚至是高声喊叫。每一声歌唱都是自然的真实的表达，每一声喊叫抒发的情感都能直抵灵魂。

草原上的旋律随风传送，我们的歌在蓝天与白云之下、山坡与河流之间，留下悠远的回声。即便已经离开草原很久，在都市的深夜，那一声声歌唱，仍然会从我的记忆深处响起。

行走杨家岭

我终于站在这片土地上。

这是在延安，在杨家岭。

这里原先的地名叫"杨家陵"，据说是明朝兵部尚书、工部尚书杨兆的祖居之地和安葬之所。我当然不是为了杨兆而来，在这之前，我对这位四百多年前的明朝高官一无所知。我来这里是因为它叫"杨家岭"——1938年11月20日，日本飞机大规模轰炸延安，中共中央各机关连夜迁到这个位于延安城外五华里的山沟，在这里继续指挥抗日战争的敌后战场，后来又指挥解放战争，直至1947年3月撤离延安。从此，"杨家陵"被人遗忘，而"杨家岭"则和延安连在一起，成为中国革命的圣地。到延安去！是我们

第三辑 大地行吟

这代人都曾有过的向往。

七月的陕北，已经进入盛夏。行走在杨家岭，阳光泼洒在身上，但路旁的白杨绿叶婆娑，周围的山上草木葱茏，并不使人感到过分炎热。七八十年过去了，当年的硝烟早已散去，杨家岭的自然环境、地物风貌有了很大改变，那些曾经在这里叱咤风云、决定中国命运的人也已经永远离去。但岁月并没有使这条狭窄的山沟退出历史的记忆，人们从四面八方来到这里，追寻那群人在这里留下的踪迹，缅怀那些远去的身影。

我沿着山边的道路缓缓前行。山坡上出现一排用院墙分隔的相对独立但又紧密相连的窑洞，这里就是毛泽东、朱德、刘少奇、周恩来曾经栖身的地方。走进低矮的窑洞，看到的是在陕北农家常见的土炕，炕上是质地粗糙的被褥，裸露的黄土窑壁上挂着伟人们在延安留下的泛黄照片，室内家具可以用简陋来形容。我默默地凝视着眼前的情景，心里充满了感动。伟大往往蕴含在平凡之中。这里陈列的每一件实物都还原着往昔的艰难岁月，在无声地告诉我们，有那么一些创造了奇迹的人，曾经在这里居住、生活。

窄小的窑洞，一下子涌进一群参观的人，变得更为局促逼仄。我退出窑洞，在毛泽东当年居住的院子里徘徊。已经无法知晓毛泽东当年在这里起居进出的心境，但可以想象，那时日寇进逼，半个中国已经沦陷，抗日战争处于最艰苦的阶段，在这个小院里，他必定心忧天下，日夜劬劳。这窑洞是抗战指挥部，毛泽东和他的战友们运筹帷幄，这里签发的每一份电报、文件，都是敌后战场的行动指令。这窑洞还是毛泽东的书房，在昏黄的煤油灯下，他漏夜披阅，用劣等的纸笔，写出了至今仍然闪耀着理论光芒的鸿篇巨著。有人统计，收入《毛泽东选集》（四卷本）的一百五十六篇文章，有一百一十一篇在延安时期写成，其中四十篇就诞生在杨家岭。可以说，他将生命中最鼎盛的岁月留在了陕北，留在了延安的窑洞里。

在二十世纪中叶，这小院也牵动着世界的目光。美国记者安娜·路易丝·斯特朗曾经在这里访问毛泽东，当看到这朴素的窑洞、简陋的陈设，听着毛泽东对天下大势的分析和判断，她不禁感慨万千："党的负责干部住着寒冷的窑洞，凭借着微弱的灯光，长时间地工作。那里没有讲究的陈设，很少物质享受，但是住着头脑敏锐、思想深刻和具有世界眼光的人。"

走出小院，抬眼就可以看到具有异国情调的中央大礼堂。走进礼堂，看到的却是犹如窑洞的拱形屋顶。这座中西合璧的礼堂，专为1945年召开的中共第七次代表大会而建。

经过二十四年的浴血奋战，中国共产党已经从最初的五十多名党员，发展壮大到一百二十一万党员。在上海兴业里召开的第一次全国代表大会，代表仅有十三人，而出席第七次全国代表大会的正式代表有五百四十七人，候补代表二百零八人。这支队伍一路走来，该是多么坎坷曲折，又经历了怎样的磨难？！

在礼堂展览室里，一张"七大夫妻代表"的统计表吸引了我的目光，其中高文华、贾琏夫妇两次卖儿筹集经费的事迹，更是令人唏嘘难抑、感动不已。

高文华，这个从湖南农村走出来的青年，是中共第一代地下工作者，1935年任中共北方局书记兼河北省委书记。当时，上海中央局遭到破坏，中共中央正在长征路上，省委与中央失去了联系，本应由中央下发的经费完全中断，加上那年华北大旱，遍地灾民，高文华想尽办法筹集经费，但收效甚微，党组织陷入了困境。

高文华患有严重的肺病，经常吐血，由于没有药物，只好喝盐水治病。当时担任北方局与河北省委秘书并兼职财经工作的贾琏，看到丈夫病情恶化，非常着急，就想把挂在门外墙上的一块腊肉取下来给他补充营养。高文华坚决不同意，因为那块腊肉不光用来装点对外的门面，同时也是地下党联系工作时报平安的标志。

为了摆脱困境，夫妇俩商量，只得卖掉孩子来筹集经费。早在 1931 年，贾琏在上海沪西纱厂从事工人运动时，因生活所迫和便于工作，已经有过将刚刚出生三个星期的第一个儿子送给"育婴堂"的伤痛，现在为了革命又要骨肉分离，这是怎样的一种人间悲剧！那年头男孩比女孩要多卖钱，于是他们就把四个孩子中唯一的仅四个月大的儿子卖给唐山的一户人家，换来的五十块大洋，二十块用作寻找党中央的经费，三十块维持了省委三个月的运转。

多年以后，有人问是什么让高文华夫妇在经费与儿子、工作与情感、党与个人之间总是选择前者。高文华回答："我坚信马克思主义是真理，困难是暂时的，逆境是可以扭转的。有了这个信念，哪怕是个人的生命、血肉之躯都可以奉献出来。"正是因为有无数个信念坚定的高文华，中国共产党才从无到有、从小到大，追随的队伍越来越长。

1945 年的中国，已经可以看见抗日战争胜利的曙光，而中国共产党人的目标则更为远大。在那年 4 月 23 日召开的中共七大上，毛泽东用充满激情的语言，向全党发出了动员令：打败日本侵略者，建设一个光明的新中国，建设一个独立的、自由的、民主的、统一的、富强的新中国！会场里潮水般的掌声，变成了排山倒海的力量，不到五年时间，毛泽东登上天安门城楼向全世界宣布：中华人民共和国中央人民政府今天成立了！一个古老国家的新纪元由此开启。

我继续在礼堂盘桓。当年的讲台还在，伟人们铿锵有力的声音却早已消散，大厅寂静无声；但当我侧耳细听，总觉得回音仍在。中共七大将毛泽东思想确立为全党的指导思想，对中国革命的胜利和中国命运的改变，起到了决定性的作用，并且还将长久地产生影响。礼堂里一排排用陕北杨木制作的长椅还在，当年汇聚一堂的英才们却早已从这里走向大江南北，并逐渐在岁月的长河里消隐；但当我抬头仰望，分明看到他们散发出的光芒永久地闪耀在历史的天空。

我走出礼堂，迎面看到的建筑是当年中央办公厅所在。这座房子因为形状像一架飞机，人们将它称为"飞机楼"，著名的延安文艺工作座谈会就在这座楼里召开。我走近"飞机楼"，正好有来自山西某地的团队在楼里举行主题活动，歌声响亮地传了过来。我转身回望中央大礼堂，突然觉得它就像一艘经历了海浪颠簸的巨轮，飘动在晴空下的党旗就像升起的红色风帆。这艘"巨轮"和这架"飞机"，在将中国革命送往胜利的彼岸之后，静静地停泊在这里，为一队又一队参观的后人传递着前进的力量。

凉山二题

在彝海想起小叶丹

在大凉山星罗棋布的海子中，彝海是最闪亮的一个；在为数众多的彝族头领中，小叶丹（果基约达）是最受人拥戴的一位。在中国工农红军二万五千里长征的壮丽史诗中，"彝海结盟"是动人心弦的一章，将彝海和小叶丹永远铭刻在中国革命的史册上。

我来到彝海的时候，是2022年5月的一个早上，阳光照耀着海子，清风吹拂着山岗，周围寂静无声；但我却分明看到小叶丹正率领果基家支的彝人，沿着1935年5月的崎岖山路，威风凛凛地朝着彝海走来。

第三辑　大地行吟

果基家支所在的羊坪子也许距离彝海并不遥远，但他们在岁月的长途上已经走了很久很久：涉过安宁河、雅砻江、南桠河湍急的波涛，翻过锦屏山、牦牛山、小相岭险峻的山峰，身后是一个民族的千年沧桑，走过的每一步，都带着血与火，饱含着屈辱与抗争。

小叶丹带着人马朝着彝海走来，他们将要面对的是一支称为工农红军的队伍。这支队伍从井冈山出发，穿越枪林弹雨，走上了挽救中华民族的长征之路。此时，大渡河的涛声依稀可闻，跨过去就是胜利！但后面的追兵已越来越近，眼前却又是令汉人生畏的彝人区——大渡河变得遥不可及，红军面临难以逾越的困境！

在这危难时刻，小叶丹站了出来，站到了红军将领刘伯承的面前。看着红军将士可亲的面容，听着红军将领诚恳的话语，他明白了红军的事业与彝人的关系……分不清这时充溢在他心胸的，是彝族汉子的义气和豪气，还是被人尊重的感动和感激——他要与红军结盟，和刘伯承结为兄弟！

用粗糙的大碗从彝海舀来湖水，将大公鸡新鲜的血液滴进其中，殷红的血顷刻便溶入了清澈的水。刘伯承与小叶丹双膝着地、并肩而跪，将手中的碗盏庄重地举起，他们对着彝海和天空铿锵盟誓，然后将相融在碗中的血与水一饮而尽！彝海深邃，天空高远，碧水和蓝天共同见证了歃血为盟的神圣一刻。

这是一个部族首领与一个红军将领的结盟，也意味着一个民族将自己的命运与中国革命紧紧地系在了一起。当小叶丹接过刘伯承授予的"中国夷（彝）民红军沽鸡（果基）支队"旗帜，他看到了民族前进的方向，明白自己率领的队伍应该走一条怎样的道路。

红军沿着"彝海结盟"这条友谊之路，穿过了险象莫测的百里彝区，迅速强渡大渡河，跳出敌人包围圈，走向万里长征新的一程。而封闭的凉山彝区从此向外界敞开大门，经受着八面来风，去迎接一个新的纪元。

当我在2022年初夏的清风中想起小叶丹，这个顶天立地的汉子，已在1942年的冷雨中魂归青山。但今日的风中仍然萦绕着他的气息，凉山的土地留下了他的印迹：山坡上有他和刘伯承促膝交谈、立誓为盟坐过的"三块青石"；海子边有他与刘伯承以水当酒、举盏向天的"取水点"；他和他的家人倾家荡产、用生命保护下来的"红军旗"，在无声地告诉人们，彝族儿女为实现理想作出了怎样的牺牲……

我在彝海五月的阳光下想起小叶丹，感动的不仅仅是彝族汉子的义薄云天，更是感佩他在红军长征危难时刻毅然作出的抉择，以及这个抉择对中国革命胜利所具有的不可估量的意义。

"彝海结盟纪念碑"巍然耸立,后面是山的苍郁,前面是水的澄明,小叶丹和刘伯承昂然挺立在阳光和清风中。岁月在轮回,光阴在流逝,他们的形象在中国革命的史册上,却愈来愈高大,愈来愈清晰。

歌声中的谷克德

在凉山的最后一个夜晚,我们坐在半山的一座木屋里。微风吹进窗户,挟带着夏日的细雨,山下的邛海隐隐约约,在夜光中闪着鳞波。

主人说起了"谷克德"——这是位于昭觉县的一个湿地公园,意为"大雁栖息的地方"。在他动情的描绘中,我看到了明镜似的海子,梦幻般的云朵,高山草甸浪漫如诗,索玛花开奔放如歌……

门口进来一位彝族汉子。主人介绍说,他就来自谷克德,是一个乡的党委书记。

汉子微笑着站在我们面前——敦实的身躯,朴素的衣着,黧黑的脸庞,沉静的神情,看不出传说中谷克德白云掠过花海的潇洒,和我见过的无数基层干部并无二致——夜雨打湿了他的头发,好似刚从某个村寨回来,身上沾满了山野的露珠。

他说，要为我们这些远来的客人，唱一支谷克德的歌。

是彝族民歌吗？我仿佛看到了山坡上松木搭建的房屋，屋梁上挂着烟熏的腊肉，腊肉下燃着温暖的火塘，火塘上吊着沸腾的汤锅，汤锅的四周漫溢着苞米酒的醇香。在大凉山透明的阳光下，长号吹起来了，吹号的是山鹰一般勇猛粗犷的男人，嘹亮的号音就像拔山的呐喊，震颤着生命的力量；在彝海边洁净的月色中，歌声响起来了，唱歌的是山花一样柔媚娇艳的女子，悦耳的歌声好似涧水无拘无束，礼赞着大地山川……

这不过是我的想象。此刻站在面前的是一位普通的乡村干部，身上带着大凉山的浑厚与彝人的质朴。

他说要为我们唱一支谷克德的歌。

他开始歌唱。起首是一段彝人的母语，似独白，又似耳语，深邃，幽远，就像是从大地深处传来的密语，将人带入大自然的秘境：雾岚在山谷中升起，水珠从草叶上滴落，索玛花静静开放，大雁飞起又降下……

突然，响起了惊天动地的呼喊：谷克德！谷克德！一声声，雷鸣般撼动人心。他在唱，歌声缠绵带着忧伤；他在唱，歌声苍凉透着激昂。他在唱一支谷克德的歌，讲述着一个令人震撼且意味深长的故事——

深秋来临,寒意渐浓,索玛花早已无影无踪,草甸也已经转黄,谷克德显现出萧瑟景象。栖息在这片土地上的大雁开始南飞,在天空中排成了行。

母雁在巢穴里垂垂老矣,已经无力飞往远方;年幼的子雁若是不加入雁阵向南越冬,就会面临死亡。母雁看着依偎在旁的子雁,爱怜的眼神渐渐变得坚定,硬着心肠用翅膀拍打子雁,将它赶向天空的雁阵。稚嫩的子雁不愿离开慈爱的母亲,在寒风中迟疑徘徊,飞去又飞回。母雁再次驱赶子雁,迫使它再次飞向天空;子雁不舍离去,还是飞了回来……如此往复数次,母雁不得不藏身草丛,也藏起了海子一般深沉的母爱。子雁回来遍寻母亲无着,只得嘶鸣着飞向天空融入雁阵……

歌声渐止,唱歌的汉子仍然昂着头,是在目送子雁远行的身影,还是在寻找母雁留下的踪迹?

歌声停歇,屋子里一片寂静,每个人都沉浸在大雁的故事中,谁也没有发出声音。

辽阔无垠的天空啊,无依无靠的天空!子雁飞翔其中,是那么孤单无助。此后要独自面对风霜雨雪,再也没有谁来替它抵挡暗枪冷箭。这场孤独的飞行,就是子雁的成年仪式:离开母亲羽翼的庇护,去迎接成长的天空。

望着雁翅划破长风,母雁发出声声呼唤,这是以爱的名义，祝福生命远行。爱的呼唤穿越天际，在子雁的耳畔回响，此后无论飞得多远，不管经历多少坎坷，它都会想起母亲，想起故乡谷克德，并因此有了前行的勇气和力量。

谷克德！大雁栖息的谷克德！虽然此行没能去看你，但我已在歌声中认识了你。

谷克德！大雁远行的谷克德！也许我到不了那片神奇的高原湿地，但已记住了这个爱的故事。

向着春天的叙事

冬天去北国，总怀着一份对雪的向往，还没启程，那漫天大雪就已经在我的想象中纷纷扬扬。

汽车驶出延吉，疾驰在通往森林的公路上，既看不到雪花飘飞，也没有晶莹积雪，失望渐渐湮没了心中的诗意。在我们的印象中，北国的冬天总是与冰雪联系在一起，没有白雪，北国的冬天就索然无味。延边宁波商会的朋友告诉我，下雪似乎也有大小年。去年这里大雪围城、举步维艰，而今年仅有的几次飘雪，雪花还没落地，就在空中融化了。我将目光懒懒地投向窗外，铅灰色的天空下，成片的白桦树绿叶凋落，就像脱去盔甲的士兵，精气还在，那种落寞却无可掩饰；而野地里散落着秸秆压缩后形成的草卷,星星点点,衬托出北方原野的空旷和寂寥。

我们的车子开到一个山口时,雪,突然迎面而来。先是点点雪花,刚落到车窗上就化为水滴;接着雪花大起来,像扑火的飞蛾撞击在窗玻璃上,簌簌有声。抬眼望去,车窗外已是风雪弥漫,山野间一片苍茫。同车的伙伴喊着"停车!停车!",还不等汽车停稳,就有人迫不及待地打开车门,一行人下车站到路边,仰起头,伸出手,欢叫着迎接从天而降的白色精灵。

似乎受雪花和寒风的刺激,回到车上后大家的话语明显多了起来。谈得最多的是对大雪和寒冷的记忆。有人说起,少年时因为衣着单薄,冬天全凭火熜取暖,手脚上的冻疮经炭火烘烤后又痒又疼。我对大雪并不陌生。二十世纪七十年代,我在大山深处读高中,那里的冬天下雪十分寻常,往往头天晚上还不见雪的踪影,第二天起来山野已是白茫茫一片。我们的教室四面漏风,几十个年轻人虽然青春似火,但全靠体温维持的热气,风一吹就散了,下雪天只得围炉读书,否则根本无法抵御严寒的侵袭。记得有一次大雪封山,周末回家的路被阻断,同学们将草绳扎在鞋子上,手拉手,踏着厚厚的积雪下山,一路上跌跌撞撞,十几里山路走了大半天。

汽车在风雪中前行。我们此行是去长白山下的一个森

林小镇，那里有商会的一家会员单位。延边宁波商会成立时间并不长，但已经有一百二十多家会员企业，这对地处边陲的城市来说，规模不算小了。宁波与延边是结对帮扶关系，几年来派出一批批干部、教师和医生，分散到全州各个地方，与当地干部群众一起为脱贫攻坚作努力。宁波商会的会员企业在投资兴业的同时，也将扶贫帮困当成自己的一项职责，短短几年，他们的帮扶足迹已经遍及上百个村庄。望着车窗外的飞雪，商会的朋友讲起了帮扶中遇到的几户令人心酸的家庭。一户人家，儿子因为类风湿性关节炎瘫痪在床，六十岁的父亲患有牙床肿瘤，靠流食维持生命，母亲常年离不开降压药，一家三口全靠低保过日子。还有一户，儿子出生不到一个月就发现有病，从小失去生活自理能力，已经四十多岁的人了，还得完全依靠父母照料，而年迈的父亲却又偏偏脑梗住院。也是一个飘雪的日子，商会的帮扶人员走进那个叫"和盛"的村子。马上就要过年了，村里一些人家已经挂起红灯笼，贴上红春联，风雪中隐隐约约有伽倻琴和长鼓的声音飘来。但走进这几户贫困人家，那种冷清的气氛却让人高兴不起来。他们送出了原先准备的年货和帮扶资金，但看着清寒的农舍，听着主人带着辛酸的叙说，商会的企业家们总感到还没有尽到责任，于是又从自己的口袋里取出钱币，递到农舍主人颤抖的手中。回来之后,商会对这几家困难户的帮扶作了详细研究,从惠风和畅的春天到白雪飘飘的冬季,每年都要多次去那个村子。他们也知道,仅凭商会送去的这些物资和资金,并不能完全解决这几户人家的困难,但严冬里的一缕阳光也许微弱,毕竟会给寒冷中的人增添暖意。

商会的朋友讲到这里停了下来,车子里寂静无声。看着窗外纷扬的雪花和迷蒙的天空,我在想,这些年我们已经很少感觉雪花扑打脸颊的寒意了,也不再体味双脚在积雪中跋涉的深浅,曾经有过的衣着单薄、冻疮红肿的痛楚更是早已淡忘。商会朋友的讲述,把我们带到了那个四面环山的小村子,带到了那座白雪覆盖的农舍里,让我们知道,在城市高楼林立、乡村屋宇井然的今天,依然有人在经受生活的严寒。

车窗外的雪花变得稀少,路两旁的树木越来越茂密,看来马上就要到目的地了。有人问,这几家困难户现在的情况怎样了?商会的朋友说有他们发来的短信,便打开手机念了起来:"我们一家三口非常感谢宁波商会的长期资助,感谢我们和盛村妇女主任的关心记挂。是宁波商会的帮助让我们的家庭过上了好的生活。谢谢宁波商会。"有人轻轻地"喔"了一声,心里似乎有了一丝安慰。

我们在森林小镇下车,"点八传媒"的万老师已经在路边等候。"点八传媒"是一家主要从事视频拍摄的公司，延边宁波商会在这里设立了文化艺术中心，为会员企业提供服务。万老师为了拍摄野生动物，经常穿行在这片森林中，对这里的每条小径、每处分岔，像对自己掌心的纹路一样了然于胸。在工作室，他向我们介绍拍摄到的动物，其中一个视频记录的是赤狐在雪中觅食嬉戏的情景，狐狸的动作和神态引发了大家的笑声。万老师见我们对他的拍摄感兴趣，便兴冲冲地说：走！我带你们去林中看狐狸！

  森林中的积雪深过脚踝，每走一步都不轻松。我们东张西望，盼望着树丛间突然闪出神秘的红狐狸。就在这时，我们看到了一条河。这条河在一处坡道的转角，河道边上堆积着厚厚白雪和层层坚冰，而河水却像一柄闪着寒光的利剑，刺破积雪冰层，从高处往下流去，在寂静的森林里发出"哗哗"的响声。我们感到奇怪，在这哈气成冰的季节，为什么这条河却没有冻住？万老师说，这座山上有温泉，所以无论天有多冷，雪有多厚，冰有多硬，这条河的水常年不会断流。

  那天并没有看到雪中红狐。万老师似乎有点过意不去，在我们登车离开的时候，他热情地邀请大家春天再来，并绘声绘色地说起春风吹来的时候，大森林白桦树泛绿、金达莱怒放的美妙景象。

第三辑　大地行吟

　　回程时天已放晴，阳光照在路两旁的积雪上，折射出炫目的光晕。大家兴奋地议论着万老师描绘的森林之春，仿佛已经置身于春天的密林中，鸟声啁啾，野花芬芳，晶亮的露水打湿了衣襟。商会的朋友告诉我，开春以后他们还要再一次去和盛村。我的耳畔却一直回响着森林中那条河发出的"哗哗"水声，便对他说，其实我们已经听到了春天的声音。

山中星光

地处高山的紫鹊界，夏日的夜空星光璀璨。我们这些久居城市的人，因为看到了久违的满天星斗而兴奋不已。我不识星座，叫不出哪怕是最明亮的那颗星的名字，在我眼里，每一颗星星都有各自的价值，星群簇拥，使天地变得清澈光明。

山里的星空对我来说并不陌生。我就读的高中是天台山脉的一座"五七学校"，那里的夜空一年四季尤其是夏天总是繁星密布。那时我们五十八个失学少年从各处来到山里，边读书边建校，曾在夜晚排成长龙传递刚出窑还烫手的砖瓦，将月色星光砌进新建的校舍；也曾在星夜挑着采摘来的翠绿茶叶，沿着崎岖山路去邻村加工；晚自修下课后,同学们在星光中三三两两踏着校园中的泥土路走回宿舍……但青春年少的我们,就如作文中写的那样,向往的是"在阳光的沐浴下成长",谁又会在意恬静无声的星光呢?

此刻,置身于紫鹊界的夜空下,如水的星光却使我思绪荡漾。

紫鹊界村位于湖南省新化县水车镇。我们来此是参加湖南省宁波商会的一场助学活动。白天进山的时候,公路虽然平坦,但狭窄局促,车行其上,缓慢而艰难,好像是在扑面而来的大山之中,硬生生地挤出一条路来。商会结对资助的学校有一个很好听的名字,叫"白水雁心希望小学"。我们在村里的一家农家乐歇息,站在门口的空地上望去,学校就在对面的山上,可以清晰地看到校园的布局,看见红色的国旗在蓝天白云下飘扬,似乎一抬腿就可以到达那里。但当我们的车子按照导航前行,却在缠绕于层层梯田间的山路上,七弯八拐,几次变换路线,花了将近半个小时才抵达目的地。

学校坐落在山坡的高处,附近没有村庄,一条勉强能够通行小型汽车的山路,是与外界联系的唯一通道。进了银灰色油漆的校门,可以看到一幢深咖色木质墙面的三层楼房,一楼墙上张贴着校园平面图,上面标出了教室和实验室、劳技室、电脑室、语音室、图书室的方位,看来设施配置还挺齐全。宽敞的操场上摆放着桌椅，已经布置成助学活动的场地。站在教学楼前休息的时候，我和一位教师模样的中年人攀谈，得知这所希望小学由港胞出资捐助、地方财政配套、当地村民出力，于2010年兴建。学校共有一百二十五名学生，来自周边山寨，最远的需要走一个多小时的山路。六七个教师大多来自本镇，也有从外地前来支教的。

  活动还未开始，同学们已早早整队入座。我们这些山外来客引起了孩子们的好奇，有几个从座位上站起来朝着教学楼前的人群张望，当和我们的目光相触的时候，脸上露出了羞涩的神情。看着这些被山风和阳光染红的脸庞，我想起了曾经就读的山中学校。那所当年的高中，后来改办为初中，接着又变成了小学，接纳着那片山区十几个村庄的学龄儿童。但学校在1995年还是被撤销了。山区的孩子们只得去山外的镇上读书，很多山里人家在镇校附近租房居住，以便照顾孩子的生活。那些年被撤销的山村小学还有很多。这样做总是有理由的，比如保证教学质量就是其中之一，但无疑也加重了山民的负担。而白水雁心希望小学就像一棵绿色的大树，扎根在莽莽苍苍的群山之中，让小鸟一样的山里孩子在此栖息停留，汲取营养，蓄积力量，迎接展翅飞翔的一天。

第三辑 大地行吟

时令将近七月，虽然是在深山，天气也已十分炎热。天热心更热，助学活动的火热气氛弥漫着整个校园。湖南省宁波商会尽管人数不多、规模不大，但自建立以来一直重视公益事业，组织企业家为社会奉献爱心，几年来累计捐款捐物折合人民币上千万元。紫鹊界就是他们助力乡村振兴的一个"联点村"，商会的企业家们多次来这里走访，和村民们商量帮扶措施。这一次，他们为几十个结对的困难学生发放了年度助学金，还带来了一百二十五套课桌椅、一百二十五个书包和学习用品，学校旧桌椅得以全部更新，每一个学生都有了新的书包。在灿烂的阳光下，孩子们排着队，依次分组上前领取书包，脸上展露着或明朗或含蓄的笑容。看着这一张张纯真的笑脸，我想象着这些山里孩子背着粉色或蓝色的书包，蹦跳着走在山路上的情景，仿佛看到绿色的大山绽放着缤纷的花朵。为了这次活动，孩子们精心准备了好几个舞蹈节目，动作虽然稚嫩，但神情十分自信，他们的表演，令我想起山间梯田里迎风拔节的禾苗……

晚上我们住在村里的农家乐。紫鹊界海拔在千米以上，饭后沿着山间道路漫步，山高云稀，银河中的繁星伸手可掬。我们朝着白水雁心希望小学所在的方向望去，看到了点点光亮，但分不清是校园的灯光在闪烁，还是天上的星星落在了山坡。身旁的同伴说,这又何必要分清呢,这所学校就是闪亮在大山深处的一颗希望之星啊!商会的几个朋友走在前面,边走边商量着下一步的助学计划,"石骨铁硬"的宁波乡音在晚风中回荡,声韵如歌的话语就像小夜曲般动听。我在想,这助学行为又何尝不是一缕星光?也许并不耀眼,但点点亮光汇在一起,就能照亮山里孩子前行的道路。这时我们正好走到了山路的制高点,大家停下脚步极目远眺,只见浩渺的天幕上缀满了星星,绵延起伏的群山,在星光下宛如梦境。

寻迹珞珈山

樱花盛开的时节,我去了武汉。此行,是为了去位于珞珈山的武汉大学,去探寻宁波人沈祝三为建造这所"中国最美丽校园"而留下的踪迹。

汽车朝武汉大学开去,繁华的街市在窗外掠过,我在想象沈祝三当年走向珞珈山的情景。这位1877年出生在鄞县沈风水村的宁波人,从小失去父亲,读了几年私塾之后便去学做木匠,后来跟着舅舅到了上海,先在杨瑞泰营造厂,后到协盛营造厂做事,并被派往协盛承包的英国平和洋行在建项目当监工。年轻的沈祝三白天跟技术人员学看图,晚上向守门的印度人学英语,加上为人忠厚笃实,做事勤快干练,尤其是在开挖旱井的时候冒着夜寒下井干活,很快就得到了洋人的赏识。1905年，协盛在汉口承建平和洋行的打包厂，沈祝三被平和洋行指定主持该项工程。就这样，沈祝三从十里洋场的上海来到了长江边的汉口，接着又创办了自己的汉协盛营造厂，在汉口这片土地上建造起一幢幢或古典或现代的西式大厦。这些如同一道道风景的建筑，使汉协盛声名鹊起，沈祝三成了武汉地区最有影响的营造商。

那时的珞珈山还是武昌城外东湖边上的一座荒山。1928年，由李四光牵头的武汉大学新校舍建筑设备委员会看中了这方山水，决定在这里修建武大新校舍。这时的沈祝三，已经在十年前因患青光眼而双目失明，但他依然从容不迫地领导着汉协盛，并继续雄心勃勃地构筑他的营造王国。当听到武汉大学建校的消息，沈祝三下了决心："我给洋人盖了一辈子房子，今天，我要给国家盖一所最好的学校。"我不知道他在说这话的时候，是否想起了在家乡光线晦暗的私塾念书的情景，但可以肯定的是，他很早就有为教育出力的善举。据新编《姜山镇志》记载，1911年，沈祝三就曾出资在沈风水村建了"沈氏私立志成初等小学堂"，供村中子弟读书。武汉大学的兴建，为这位尊师重教的营造大王提供了机会。武大早期建筑群规划有建筑物26所，建筑面积778596平方米，当年造价约计400万银元。

沈祝三的汉协盛参加了竞标,并主动提出奉送整个学校的供水系统。汉协盛由此胜出。

就这样,沈祝三满怀信心、踌躇满志地走向珞珈山。1930年,武汉大学新校舍开工建设。我想,那时沈祝三肯定站在施工现场,阳光照在他的脸上,山风吹动着他的头发,虽然看不见施工场面,但听着机械的轰鸣声,一幅中国最美丽校园的图景一定已经在他脑海浮现。

我们到了武汉大学。接待人员直接将车子引导到当年的图书馆,这里如今已经成为校史馆。武汉大学从1893年的"自强学堂"算起,至今已经一百二十多年。在校史馆里徜徉,百廿春秋飞逝,世纪风云激荡,我看到了武汉大学的辉煌,也看到了她的沧桑。因为带着寻迹的目的,所以我在参观的时候,更关注当年建校的情景,也更多地了解到了沈祝三建造校舍的情况。

校舍开建后,沈祝三全力以赴,立志要造一座中国最美丽的大学校园。但他没有想到的是,1931年武汉发大水,他的砖瓦厂全部被淹;工程所需的水泥等建材,需要从山上修路运进去,开山筑路的费用非常大,这是预算时没有估计到的。加之建校期间战乱纷扰、天灾频发、物价飞涨,汉协盛面临巨额亏损。这时有人劝他申请破产,但这样一来,武大的建设项目将无人接替,工程就得停下来。

沈祝三没有退却，表示仍然要信守合同，坚持施工，并继续按照建筑保固期百年以上的要求，选取优质材料，处处严格把关；继续坚持项目双方派员监督施工质量，一旦发现问题立即返工重来；继续按照合同，奉送水塔水池等供水系统。为此，他将自己的砖瓦厂和多处私宅作抵押，从浙江兴业银行取得贷款四十万元，从而使工程得以继续，最终如期完工，交付出一组完美的建筑。

我们走到校史馆的顶层，这里也是武汉大学的制高点。凭栏远眺，只见山峦起伏，湖水荡漾，整个校园苍翠碧绿，一幢幢中西合璧的宫殿式建筑矗立在树丛花间，孔雀蓝的琉璃瓦屋顶在阳光下闪烁着优雅的微光。遥想当年校园建成之日，人们该是多么欣喜，这是中国近代史上唯一完整规划和统筹设计，并在较短时间内一气建成的大学校园。武汉大学为此举行了隆重的落成典礼，校长王世杰在讲话中特别提到了沈祝三："承包主要建筑物的是汉协盛营造厂，老板是沈祝三先生。"王世杰还说："沈祝三的亏累是无可置疑的事实。可惜本校的经费也在十分困难中，无法补偿他。可是无论如何我们应该感谢他，当时肯以比较低廉的标价，担任这个巨大的而且困难的工程。"据说王校长曾请沈祝三到主席台就座，但他坚决谢绝，说一个瞎老头子坐在上面算什么。但可以想象，沈祝三对亲手建造的校舍肯定充满感情，在阳光明媚的白天，或是月白风清的夜晚，他一定会去校园走一走，摸一摸那些质地坚硬的柱子，坐一坐那些细腻光滑的石凳，在阳光下、月色中倾诉对一砖一瓦的深情。

其实，武汉大学校园建成之时，沈祝三和他原先蒸蒸日上的汉协盛已经陷入困境。当初向银行借贷的四十万元，本利滚动成了一百万元，相当于武汉大学整个工程造价的四分之一。沈祝三变卖了几乎全部家产用以还债。1941年，六十四岁的沈祝三在一身萧条中去世，这个从鄞县沈风水村荷花池旁走出的宁波人，将自己永远留在了曾经创造辉煌业绩的长江侧畔。

从校史馆出来，就是闻名遐迩的樱花大道。繁花如云，游人如织，我在人群中走着，想着为这座校园倾尽全力的沈祝三，心中涌起百般感慨。沈祝三和他的汉协盛虽然因为建造武汉大学而败落，但这座美丽校园成了他事业的丰碑，人们也因为武汉大学而记住了沈祝三这个名字。

由此，我也想起了"宁波帮"。这个商帮闯荡四海，因为刻苦勤劳、务实能干、善于经营、诚信守义而声名显赫，在中国近现代商业史上留下了华丽篇章。沈祝三白手起家，凭着自己的才华，靠着自己的努力，构筑起一个庞大的营造王国，在武汉留下了至今仍然闪耀着辉光的建筑风景；

为了完成武汉大学项目，为了兑现自己的承诺，他散尽家财，不惜付出从一代富商到一贫如洗的代价。沈祝三很好地诠释了"宁波帮"精神，他无疑是"宁波帮"的代表。正是千百个沈祝三的所作所为，让"宁波帮"、宁波人、宁波这座城市，赢得了美誉，得到了世人的认可。如今，又有无数宁波人传承前辈的基因，走南闯北，星散四方，在海内外书写着"宁波帮"新的篇章。想到这些，我的内心充满了敬意。

在那遥远的地方

去天峻是在七月,正是高原的好季节。我们从西宁出发,道路宽敞,阳光明媚,有风从远处吹来,令人通体清爽。

汽车在沿青海湖的公路上奔驰。近处是草地,远处是连绵起伏的沙丘和烟波浩渺的湖水,在太阳的照耀下,沙丘反射出白色的光芒,湖面闪烁着粼粼波光。湖边大片油菜田花开正盛,无际的金黄在微风中荡漾,远远看去,与湛蓝的湖水连成一片。

来自酷热南方、生活在都市的我们,怎能经受得住如此诱惑,纷纷要求汽车改道。越野车开离公路,加大马力,越过草地上的沟沟坎坎,朝着湖边驶去。未等车子停稳,我们就迫不及待地下车,奔向油菜田,奔向青海湖,在花丛拍照，在湖畔撒欢，尽情享受着迟来的高原春色。

　　回到车上，我们继续朝天峻进发。天峻县地处青海湖西北部、祁连山的南麓，属青海省海西蒙古族藏族自治州，是海西、海南、海北三州交汇处。全县有2.57万平方公里，平均海拔四千米以上，几年前，这片辽阔的高寒地区成了我所在城市宁波"援青"的对口县。

　　这次与我们同行的胡君是第三批"援青"人员，2016年从东海之滨来到青海高原，已经在天峻工作生活了两年。一路上，胡君向我们介绍天峻的物产资源、风土人情，也向我们讲述两年"援青"的艰辛和收获，言语中充满了"倾情天峻，奉献高原"的豪情。

　　慢慢地，道路开始变窄，时不时地有牧民赶着牛羊穿越公路，我们的车子也放慢速度，时开时停。天峻越来越近，海拔越来越高，已经有人产生轻微的高原反应，车上的话语声也在变少变轻。

　　车子开过一个山口，看到路边一个牌子上写着：海拔3800米。胡君告诉我们：天峻就要到了。我抬眼朝前看去，只见铺陈在面前的是一片开阔的草原，绿草地上点缀着彩色的小花，棕色的牛、白色的羊散布其上，有成群的，也有零星的，懒散而悠闲。

　　暮色四合的时候，我们进入天峻县城。刚下汽车，就听说浙江另一个城市有人来天峻看望"援青"的同事,因为剧烈的高原反应,引发了疾病,被紧急送往西宁。这一消息令人紧张,看来,天峻除了有心旷神怡的草原,更有严峻冷酷的一面。

第二天我早早醒来,一个人走到街上。三千五百米的海拔,使我的头脑微微发涨,但清晨的高原,九摄氏度的气温,沁人的凉气又令我清醒。眼前的景象令人惊艳:平整的街道、宽阔的广场、崭新的楼房,公共设施一应俱全。

早餐后胡君带着我们一一参观"援青"项目:城东社区居家活动中心、天峻县职工活动中心、甬丽峻爱心慈善屋……走着看着听着,我在心里默默地为"援青"干部点赞,在这些项目的背后,他们面对的是高寒缺氧的环境,克服的是人少任务重的困难!

其实,"援青"成果并不仅仅是大楼和大街,譬如胡君给我们讲的"帐篷"的故事更令人感动:"援青"干部在牧区走访中发现,风湿是牧民的常见病,原因是草场湿气重,牧民居住的帐篷防湿功能差,而且装卸搭建都不方便。宁波有不少企业生产户外活动器材,特别是帐篷,具有轻便、防湿、防风、保暖的特点。能不能为天峻牧民提供新式帐篷?他们的想法得到了宁波有关部门的响应,共同发起了"善行天峻,为爱筑梦"帐篷新生活活动,在短短的时间

第三辑 大地行吟

里，就筹集到了第一批五百五十顶帐篷的善款。

为了使帐篷适合草原特点，他们邀请天峻当地部门参与设计；为了使真正有需要的牧民能够得到帐篷，他们通过"甬丽峻爱心慈善屋"制定了低价购买方案，做到精准帮扶。听着胡君的介绍，我仿佛看到一顶顶帐篷像雪莲花一样绽放在草原深处，盛开在牧民的心里。

挥手与天峻告别，我们沿青海湖的另一方向，从海北返回西宁，途经金银滩草原。车行草原，满眼绿色，身穿藏服的牧民骑着马匹缓缓而来，远处山峦起伏，白云浮在蓝天，隐约可见雄鹰飞过。突然在路旁看到"王洛宾音乐艺术馆"的指示牌，这才想起这里是名曲《在那遥远的地方》诞生的地方。

据说1939年的时候，在乌鲁木齐当音乐教师的王洛宾随郑君里到金银滩拍摄纪录片《民族万岁》。摄制组邀请当地千户长的女儿卓玛扮演牧羊女，王洛宾演赶羊的帮工。影片中，王洛宾和卓玛同骑一匹马去放牧，活泼大胆的卓玛打马狂奔，为了不摔下去，王洛宾只好紧紧抱住卓玛的腰……

草原上，卓玛亭亭玉立，穿着镶金边的衣服，脸庞宛如桃花，与蓝天白云相互映衬，是那样美丽纯净，王洛宾不禁一阵眩晕。卓玛察觉到了王洛宾的灼热眼神，举起牧羊鞭，轻轻地抽了他一鞭子，飞快地催马跑开。王洛宾木然地留在原地，痴痴地望着消失在草原深处的卓玛……这个美丽奔放的藏族姑娘，在王洛宾的心上留下了永生难忘的一鞭，成就了一段辉煌旋律——

> 在那遥远的地方／有位好姑娘／人们走过了她的帐房／都要回头留恋地张望／她那粉红的笑脸／好像红太阳／她那美丽动人的眼睛／好像晚上明媚的月亮／我愿抛弃了财产／跟她去放羊／每天看着她动人的眼睛和那美丽金边的衣裳／我愿做一只小羊／跟在她身旁／我愿她拿着细细的皮鞭／不断轻轻打在我身上……

这首歌从金银滩飞出，传遍千山万水，成了世界名曲；王洛宾受尽磨难，他的歌和他的传奇经历终被世人所知，变得家喻户晓。这次虽然没能参观"王洛宾音乐艺术馆"，但这首歌的旋律却又一次在我的脑海盘旋、响起。

车子继续前行，向着"原子城"开去。同样在金银滩草原，还有一群人在这里隐姓埋名几十年，为我国研制出第一颗原子弹和氢弹，他们许多人的名字至今还不为外界所知。

二十世纪五十年代，险恶的国际形势促使我国不得不从战略高度审视发展核工业和核武器的重要性，决定在大西北选点兴建核武器研制基地。选点的飞机在四川、甘肃、青海的高山丛林、戈壁草原上盘旋，最终选定金银滩。这里四面环山、中间平地，宜于建厂；人口稀少，地域宽阔，便于疏散；边远闭塞，利于保密。

1959年4月，一万多人浩浩荡荡开进金银滩，安营扎寨，抢建代号为221厂（对外称青海矿区）的共一百零八个子项工程。这里平均海拔三千一百米，气压低，缺少氧气，开水只有八十多摄氏度，煮饭半生不熟，年平均气温不到零摄氏度，霜冻期长，经常风雪交加、冰雹大作，一年里就有八九个月要穿棉衣。建设者克服重重困难，终于在1964年建成占地五百七十平方公里的核武器研制基地。

经过之后几十年的奋斗、建设，到二十世纪八十年代，一个集科研、生产、生活为一体的综合性、高科技、现代化的核基地矗立在金银滩草原。我国前十六次核爆炸的成品都是在221厂加工、装配和启运。但这一切都秘而不宣。直到1987年，随着国家战略部署的调整，221厂完成了它的历史使命，缓缓地落下了庄严而神秘的帷幕，它的功绩、它的伟业，才逐渐呈现在世人面前。

现在的"原子城"是全国爱国主义教育示范基地，参观的人络绎不绝。我们在纪念馆里盘桓，一件件实物和一张张图片，在无声地诉说着基地建设者和科研人员经历过的艰辛。

我们来到草原深处的爆轰试验场，微风吹拂，有鸟飞过，阳光下一片宁静。当年用来掩埋废弃物的"亚洲第一坑"已经被青草覆盖，无名小花正在恣意开放；只有混凝土浇铸的低矮掩体仍然存在，钢板试验墙锈迹斑斑，布满了密密麻麻的爆轰试验时冲击波留下的坑洞，仿佛在提醒我们，这里曾经发生过惊天动地的核爆试验和核武器试验。

车子离开"原子城"已经很远，但我还在想着爆轰试验纪念墙上镌刻的为中国核武器事业立下功勋的人物雕像，他们是钱三强、王淦昌、邓稼先、陈能宽、彭恒武、周光召、朱光亚、郭永怀、程开甲、于敏。

我还想起了在纪念馆看到的一张照片。这张照片上，几个姑娘身穿军装，英姿飒爽，眼睛看着远方，神情充满向往。当年纪律规定不能拍照，但这几个女兵实在难抑参加基地建设的自豪，便偷偷拍了一张合影，又怕受处分，只得将照片藏了起来，秘不示人，直到基地解密、筹建纪念馆的时候，才将照片拿了出来。照片记录了女兵的青春，也记录了一代人的牺牲和奉献。我虽然没有记住这几个女兵的名字，但她们的形象会一直留在我的记忆里。

回到西宁，我去探望年近九旬的叔叔。我的叔叔在二十世纪五十年代从浙江来到青海投身大西北建设，在黄南藏族牧区度过了六十多个春秋。我见到叔叔的时候,他已患病在床。叔叔握着我的手,询问家乡亲人的近况;我凝视着叔叔的脸,阅读着高原风霜在他身上留下的痕迹。看着叔叔,想起一路的所见所闻,我感慨万端:青海,这遥远的地方,有多少中华儿女为它奉献着青春,更有无数远来的人,将一生都献给了这片辽阔壮美的土地。他们是平凡的,一辈子默默无闻;他们又是不平凡的,这片土地上的每一个进步,都融入了他们的热血与汗水。

我想起了几年前曾经参观过的坐落在德令哈巴音河畔的海子诗歌陈列馆。就因为海子写了"姐姐,今夜我在德令哈",德令哈人专门建了这座陈列馆。有情有义的青海高原,不会忘记所有为它作出贡献的人。

这时,海子"面朝大海,春暖花开"的著名诗句浮现在我的脑海。这既是诗人的理想,也是对世人的祝福。身处青海高原,海子向往的幸福可感可触,我的眼前仿佛又出现了无边无际的青海湖和大片大片的油菜花,远处传来那首脍炙人口的歌:在那遥远的地方,有位好姑娘……

白马湖畔春晖暖

很早就知道上虞白马湖畔有一所春晖中学,那里出过一批名人,但我一直无缘见识这所声名远播的学校。

一个晴日的午后,终于有机会来到春晖中学。它给我的第一印象就像到了浙江的任何一所县级中学——呈现在艳阳下的是崭新的校舍、宽阔的操场,并不觉得有更多的不同。引起我注意的是迎着校门的一尊由三位人物组成的雕像。陪同参观的李校长介绍说,这尊雕像叫"春晖三贤":1908年,上虞富商陈春澜捐银五万元创办春晖学堂;1919年,近代著名教育家、民主革命家经亨颐偕同乡贤王佐,又征得陈春澜二十万银元续办中学。李校长热情健谈,一路上对春晖的历史如数家珍,看得出他对能在这所百年名校任职非常自豪。他说,春晖虽然偏于一隅,但创建初期名师云集,夏丏尊、朱自清、丰子恺、匡互生、李叔同(弘一法师)、朱光潜等先后在这里执教,蔡元培、何香凝、黄炎培、陈望道、张闻天、俞平伯、柳亚子、叶圣陶等名家多次来这里讲学,在风云激荡的二十世纪二十年代,这里成为教育救国、革故鼎新的"试验田",短短几年,就取得了"北有南开,南有春晖"的辉煌成就。

行走在校园中,就像回溯在春晖的历史里。看着建造于二十世纪初叶的白墙黑瓦的校舍,我想象着当年这里名师汇聚的盛况,仿佛看到他们长衫飘飘的身影在校园长廊间穿行,听到他们或激昂或低吟的声音在课堂讲坛上回响。就像校名所寄寓的那样,百年前这里曾经氤氲着我国现代教育的一抹春晖,当年所提倡和实践的教育理念——"人格教育""爱的教育""感化教育""个性教育",一如这朴素纯正的老校舍,时至今日也值得赞许。

穿过当年的校门和斑驳的春晖桥,我终于见到大名鼎鼎的白马湖。"白马湖并非圆圆的或方方的一个湖,如你所想到的,这是曲曲折折大大小小许多湖的总名。"(朱自清)我从岸边树丛的缝隙看过去,湖面就像不规则的镜子,在阳光下反射着点点白光。没有看到朱自清所说的"湖边系着一只小船",但看到了他所写的"湖在山的趾边,山在湖的唇边",不远处的田野和山麓,衬映出白马湖的淡泊和宁静。如果用"湖"的概念来衡量,眼前的白马湖只是"一汪"而已,但"山不在高,有仙则名;水不在深,有龙则灵",白马湖就是因为春晖中学,因为湖畔居住过一批名流而被世人知晓。

沿着湖边,一组房屋傍山而建。最先看到的是"晚晴山房"。一代宗师、高僧李叔同(弘一法师)曾几度到白马湖诵经著书,并与春晖师生共聚。他的好友夏丏尊、经亨颐和学生刘质平、丰子恺等,于1929年集资为弘一法师在春晖后山腰建造三间平房作禅室,称为"晚晴山房"。山房毁于抗日战争时期,至今遗址荡然无存。从眼前这座1994年重建的四间山房,仍可看到当年老山房的痕迹:造型简洁、质朴古雅,黑瓦、白墙、红柱,细木红漆栏杆围成了阳台。凭栏远望,白马湖半湖山影,一池云天;透过绿枝树梢,春晖校园隐约可见,书声歌吟缥缈可闻。

过了"晚晴山房",依次可见丰子恺、朱自清、夏丏尊居住过的院子。丰子恺的住所叫"小杨柳屋",是1923年建造的教工宿舍,因丰子恺在小院内栽种杨柳而得名。夏丏尊的院子叫"平屋",据说,他是卖掉上虞松下镇上的一幢祖宅后,才筑造起这座小屋。取名平屋,不仅因为是平房,也取平凡、平淡、平民的意思。他曾经说过:"高山不如平地大。平的东西都有大的涵义。或者可以竟说平的就是大的。人生不单因了少数的英雄圣贤而表现，实因了蚩蚩平凡的民众而表现的。"或许，这就是他对平屋取名的诠释。朱自清曾经写道："我们住过的屋也相去不远，是半西式。湖光山色从门里从墙头进来，到我们窗前、桌上。我们几家接连着；丏翁的家最讲究。屋里有名人字画，有古瓷，有铜佛，院子里满种着花。屋子里的陈设又常常变换，给人新鲜的受用。他有这样好的屋子，又是好客如命，我们便不时地上他家里喝老酒。丏翁夫人的烹调也极好，每回总是满满的盘碗拿出来，空空的收回去。"由此可见，当年他们几家的关系相当融洽。站在平屋的门口，恍惚间似乎看到了朱自清笔下的情景重现："大家都已微有醉意，是该回家的时候了。若有月光，也许还得徘徊一会。若是黑夜，便在暗里摸索、醉着回去。"

现在，这几处旧居已经成了陈列室，院子里四季竹苍翠欲滴，爬山虎绿意盎然，当年由夏丏尊亲植的天竺树已枝叶葳蕤。走进静静的院落，看着屋里的陈设，我肃然起敬。这些古旧的小屋，这些简单的家具，呈现着朴素，传递着温暖，让人触摸到一种大家风范，领受到一种精神的力量。在这里，丰子恺、朱自清、夏丏尊经常相聚在一起，切磋狂辩，"谈文学与艺术，谈东洋与西洋，海阔天空，无所不谈"。在教学之余,他们创作了一批文学、美术作品和教育论著,"白马湖文学流派"和丰子恺漫画就发轫于此,夏丏尊也是在这里译完上海开明书店连出三十余版盛销不衰的《爱心教育》。置身此地,我看到的已经不仅仅是春晖中学,还听到了风起云涌的"五四"新文化运动的遥远回声,想起了中国现代文学的春晖时刻和繁花岁月,看到了那一片布满星斗的历史天空。

返程途中,我在心里默默地追忆一代大师远去的身影。是什么,使他们身处偏僻之地,思想却能放飞四海?是什么,使他们物质上虽不富有,却能在贫瘠的土地上培植出绚烂的精神之花?回来之后,我在朱自清的《春晖的一月》里读到了这样一段文字:"因为在这里,真能够无町畦。我看不出什么界线,因而也用不着什么防备、什么顾忌;我只照着我喜欢的做就是了。这就是自由了。"面对这段文字,我沉思良久,眼前再一次出现了青山脚下宁静的白马湖。

好大一棵树

好大一棵树!

这是一棵北方常见的槐树,植根于山西一个叫洪洞的地方。当我冒着酷暑跨越长江、黄河,一路风尘来到这里的时候,她以蔽天的浓荫,给了我一地清凉。是谁在问:"绕树三匝,何枝可依?"我就像绕树盘旋的鸟儿,一颗心紧紧地依偎在这棵伟岸的大树上。

我在大槐树下驻足,聆听风吹树叶的沙沙声响,仿佛听到远去的历史穿越时空的回声。在民族矛盾日益尖锐的元朝末年,河南、山东淫雨连月,黄河暴溢,转眼却又干旱连年、蝗虫遮日。抬望眼,赤地千里,稼禾不收,人相食啖,白骨露野。天灾猖獗,人祸酷烈,灾难深重的农民揭竿而起。一时间，从中原大地到江淮流域，鼙鼓连天，号角铮鸣，金戈与铁马相撞，旌旗与寒风纠结。元朝统治者的军队残酷镇压农民起义军，"拔其地，屠其城"；满怀仇恨的起义军以牙还牙、以血还血，曾经的桑田尸横遍野，血流漂杵。在血泊中建立起来的明王朝，还未能让华夏大地从战乱中恢复生机，便又发生了长达四年的"靖难之役"。战争这架杀人机器，在这片土地上反复碾压，中原地区"积骸成丘，居民鲜少""人力不至，久致荒芜"。明朝统治者不得不发出长叹："丧乱之后，中原草莽，人民稀少，所谓田野辟，户口增，此正中原之急务。"

而在这棵槐树生长的山西，由于"山川形势"的原因，每当分裂或战乱之时，往往成为北部中国的战略要地或政治中心，吸引了大量人口，并为大批流民提供庇护。元末明初的战乱和水旱蝗疫也很少波及山西，相比于中原地区田荒人稀的凄凉，这里风调雨顺、人丁兴盛。由此，从洪武三年到永乐十五年，明朝政府在洪洞大槐树下组织实施了长约五十年、多达十八次的大规模移民，以解决战乱灾荒造成的人口不足，垦荒复耕，重启生产。

移民，对统治者也许是安定天下、巩固江山的必要手段，但对黎民百姓却是背井离乡、抛家别院的凄惨悲剧。就在我绕树盘桓的时候，大槐树下正在为游客上演关于移

民的情景剧。不,这不是演剧,而是历史的事实。当时的移民并不是举家外迁,而是以男丁为主,规定"四口之家迁一,六口之家迁二,八口之家迁三"。这就意味着无数人将妻离子散、骨肉分离。谁愿意离开祖祖辈辈生活的故土?谁又能够忍受亲人天各一方、相见无期?面对百姓的抵抗,官府在洪洞四周大量张贴迁民告示:"凡不愿外迁者,必须在三天之内,赶到广济寺旁大槐树下报名登记,愿意外迁的人可以在家等候消息。"人们信以为真,拖家带口、扶老携幼,从太原,从平阳,从山西各州府来到大槐树下,三天时间便集中了几十万人。但谁能料想这是一场骗局!大队官兵将这些百姓包围起来,官员声调威严地宣读圣旨:"凡来大槐树者,一律外迁。"百姓醒悟过来了,大槐树下的哭声惊天动地,但一切为时已晚。从此,洪洞广济寺成了来自山西各地的移民开拔外迁的集散之处;寺院旁的汉植大槐树下,出现了一幕又一幕挥泪别离的场景。

我在大槐树下仰首,阳光穿过枝叶的缝隙,天空斑驳迷离。当年移民离别这里的时候,也有这样的阳光吗?天空是云白风清,还是乌云压顶?不管那时的天气是晴是阴,人们心中必定是凄风苦雨。折一段槐枝背在身上,捧一抔泥土揣在怀里,一批又一批移民在官兵的押解下,告别亲人,告别故土,踏上了外迁的路途。一路上,为了防止逃

第三辑　大地行吟

跑,移民的手始终被绑在背后,久而久之,代代相袭,以至他们的后人走路也有了背手的习惯。为了便于管理,押解的官兵还用绳子将十几个移民的胳膊连在一起,"连手"组成一队,有人需要便溺就得报告请求"解手"。习惯成了自然,"解手"一词沿用至今。这些传说也许是一种附会,但移民路上的艰辛屈辱可想而知。山水苍苍,前路茫茫,何处是归宿?移民们餐风啮雪,一路跋涉,终于到了新的居住地,但家乡已在千里之外、万里之遥。他们放下行囊,擦去泪水,栽下从大槐树上折来的槐枝。落地生根的槐树成了故乡的象征、祖先的象征,也成了移民情感的寄托。

　　我在树下徘徊,眼前的这棵大树已经不是当年的汉植古槐。历经千年风雨,古槐老去了,她的第二代第三代也已枝繁叶茂。当年迁往十八个省区五百多个县域的百万移民,经过六百多年的繁衍、转迁和民族融合,后代子孙早已遍布神州大地乃至海外各处。一代代人筚路蓝缕,用热血和汗水建设起新的家园,他乡已是故乡。但无论生活在哪里,他们的根在这里。"问我祖先在何处,山西洪洞大槐树。祖先故居叫什么,大槐树下老鹳窝。"古老的民谣声中,大槐树下走来一队又一队远方的人。无须问来自哪里,也不必问姓甚名谁,他们都是华夏儿女,大槐树是中华民族共同的图腾。我站在这里,看见树叶在风中飘拂,

263

是谁在呼唤我的名字

就像看见一页页翻动的史书，记载着先祖的苦难与不屈；我站在这里，感受树的根须向大地深处延伸，就像感受一道道血脉，源源不断地滋养着后人。我不再追寻当年的古槐今在何处，她是一棵千年不老的大树，永远矗立在人们心中。

穿行藏兵洞

站在藏兵洞的入口,我犹豫要不要进去。

这是七月的宁夏。已经是下午三点,但阳光仍然像带火的瀑布,不受阻挡地倾泻在西北的土塬上。

我刚从修复后的水洞沟明长城观景台下来,在那里,一块现代石碑上刻着:鞑靼部落(内蒙古)—宁夏镇(宁夏),表明这是宁夏和内蒙古的分界线。一辆驼车将我送往"红山堡"藏兵洞,赶车的老汉一路唱着西北民歌,曲调悠远而苍凉。驼车走在长长的峡谷,两边是千百年来地表遭受暴雨冲刷切割后形成的土林,饱经沧桑、壁立高耸。土林之上茅草摇曳,隐约可见历经五百年风雨而留下的明长城遗迹。

是谁在呼唤我的名字

风从峡谷的尽头吹过来,似乎带着岁月的云烟,传来金戈铁马的杀伐之声。遥想当年,蒙古贵族势力互相残杀,分裂为东西两部:鞑靼人和瓦剌人。两个部落在相互打斗的同时,还时常抱团出兵,滋扰明朝边境。明成祖朱棣即位后,先后五次北伐,越过大漠追击鞑靼、瓦剌。明成祖死后,鞑靼、瓦剌又厉兵秣马南攻明军,到中原地区骚扰百姓,掠夺人口、财物和牲畜。红山堡一带因地势较为平坦,有利敌骑大面积展开,便成了他们的首攻之地,莽莽荒漠闪烁着刀光剑影。而修建的长城只能被动防守,鞑靼、瓦剌兵士数次拆墙南下,掳掠后退回北方。明弘治十四年,鞑靼、瓦剌铁骑直抵平凉,西北震动。明孝宗起任七十六岁高龄的秦纮为户部尚书兼右副都御史,总制三边军务。红山堡藏兵洞就是在秦纮掌军大西北时,于明弘治十六年(1503)前后建成,使长城、城堡和地下兵城紧密联系在一起,形成立体防御体系,便于守军由地上转入地下,隐蔽军队,保护自己,待机出击,或在空旷处埋设伏兵……驼铃声声,思绪漫漫,行进在峡谷之中,一时间我竟然有一种时空穿越的错觉。

就这样,我来到了藏兵洞的入口。引导人员反复提醒着参观的注意事项,强调进洞以后只能前行、不得返回,怕的是游客在繁复的巷道中迷失。也因为这个警示,还未

第三辑 大地行吟

进洞，我的心就充满了期待，同时也夹杂着恐惧。

带着一丝犹疑，我踏着青砖铺成的台阶进入洞中，迎面而来的是一股阴森之气，和洞外的炎热形成鲜明对比。在明暗不定的光线中，我们小心翼翼地往前走去。地洞蜿蜒曲折，枝蔓丛生，久久不见尽头。在洞中行走，首先想到的是儿时看过的电影《地道战》，想到冀中平原那一望无际的高粱地，就在那片青纱帐的下面，中华民族的后代从先人那里汲取智慧，开掘地道，伏击日寇，令侵略者闻风丧胆。但与红山堡藏兵洞相比，冀中平原的地道还是简陋单一。在这里，坑道宽敞，人在其中，完全可以直立行走。坑道的两边设置着居室、大厅、储藏室、兵器库，甚至有水井和伙房。引导人员示意我们仰头看望，只见一个隐蔽的通气孔在向洞内输送着新鲜空气，而洞顶悬挂着的空心草，则可以消除回声，让洞内保持宁静。还有一处高出洞口七八米的瞭望台，站在这里放眼望去，峡谷内的一切尽收眼底，而在峡谷却无法看清瞭望台的位置。藏兵洞的关键部位设置了炮台，必要时可以变被动防御为主动攻击。从这些设施旁边走过，仿佛看到五百年前的将士身影，他们身穿盔甲，威风凛凛，正在分析敌情、运筹帷幄；望着兵器库里摆放的刀枪剑戟，仿佛看到将士们张弓在手、枕戈待旦，按捺不住保家卫国的豪情。

但藏兵洞毕竟是在山塬腹中，终年见不到阳光，人在坑洞里待久了，便会禁不住向往天空和大地，向往洞外的清风和自由流动的空气，更何况敌兵经常在山塬之上、峡谷之中神出鬼没，将士们的神经一定时刻处于紧张的战斗状态。我在想，这些戍边的将士来自哪里？是翠绿的江南还是辽阔的中原？在他们的家乡，早晨有阳光铺满麦田，夜晚有月色映照流水，花掩小径，柴门半开，炊烟下忙碌着白发亲娘……而这一切，离他们却是那么遥远。沿着坑道一路走去，看到洞壁上分布着不少小龛，这应该是守军放置灯盏的地方。当五百年前的漠风吹过洞外峡谷，一盏盏油灯照亮了幽暗的坑道，是否也照亮了将士们梦中的家园？他们之中是否有人在灯下默默地吟诵范仲淹那首伤感又悲壮的诗词："塞下秋来风景异，衡阳雁去无留意。四面边声连角起，千嶂里，长烟落日孤城闭。浊酒一杯家万里，燕然未勒归无计。羌管悠悠霜满地，人不寐，将军白发征夫泪。"从古到今，军人总在默默地作着奉献，也正是一代代热血男儿的牺牲，才保障了边境的安宁。

继续前行，只见坑道中间铺着玻璃，就着灯光朝下张望，看到了一个丈余深的陷阱，里面布满铁蒺藜，令人望而生畏。引导人员告诉我们，曾经有瓦剌人在一个大雪满弓刀的凛冽清晨偷袭藏兵洞，但一进来就踩上了连接机关的踏板，悬挂于头顶的铁蒺藜噼噼啪啪砸落下来，不少人当场毙命。其他人没走几步，又踩上另一处陷阱，掉落到坑内的木钉上，这些木钉固定在可以相向转动的两个轱辘上，人一掉下，很快便被转动的轱辘活活绞死。剩下的瓦剌兵甚至来不及惨叫，也被洞内大大小小、高高低低窟窿里伸出的枪刀剑戟结束了性命。不知道这个故事是不是有史实依据，但藏兵洞里机关密布、步步惊心倒是真的。再往前走，坑道一分两半，引导人员让我们各自选择往左还是往右，原来这是一道可以转动的木门，后面连接着两个隐藏的洞口，一边是"生门"，一边则是"死路"，一左一右，可以在一瞬间决定人的生死。可以想象，在月黑风高的夜晚，假如敌兵进入藏兵洞，"生死门"便会悄悄打开，这些惯于在草原上跃马驰骋的骑兵，便会陷入迷魂阵，命丧黄泉。看着这些机关利器，在为先人的计谋击掌的同时，也不能不为战争的残酷而叹息。

穿行藏兵洞，就像穿越一段历史，看到的是遮蔽大漠的连天烽火，听到的是壮怀激烈的边塞长歌。从藏兵洞出来，阳光依旧，炎热依旧，我在蒸腾的暑气中走向屹然于峡谷之上的红山堡。经过风霜雨雪的侵蚀，古堡的城门已经残破，露出了层叠的砖块；远处的土墙虽然还能看出逶迤的模样，但也已是颓垣断壁。这里应该是明长城的组成部分吧？时光似乎淘尽了一切。战争消弭了，将士的背影已经远去，血雨腥风的古战场长出了青草，热风之中也听不到战马的嘶鸣，只有艳阳静静地照耀着历经战火洗礼的长城、烽燧、城堡、墩台……我在古堡之上朝着远处眺望，以往总是将长城看成游牧民族和农耕民族的分界线，今天站在这里，却感觉不到长城内外的区别。目力所及的地方，就是我几年前曾经到过的内蒙古鄂尔多斯，在那里，一座现代化的新城正在草原民族的手中崛起。也许因为这个，想起刚才那位赶车老汉唱的西北民歌，也就不再感到悲怆、凄凉。

倾听流水的声音

从都江堰回来已经很久了,但那片水声还不时回响在我的耳际。

那天我们从山坡上下来,汽车朝着都江堰的方向驶去。岷江在车的右边流淌,随着道路的回环曲折和江岸边树木草丛的高低起伏,江水如一道舞动着的青碧绸带,在我的视野里时隐时现。路旁的广告一闪而过,那句"一道都江堰,醉唱两千年",道出了都江堰的悠久,也使我的心充满期待。由于道路施工,都江堰的大门已经遥遥在望,却被禁行的标志所阻拦,车子只得绕道而行,那道江水近了又远、远了又近,甚是诱人。

终于,我站到了安澜桥上。抬眼望去,只见岷江水浩荡而来,就像一支由山野莽汉纠集而成的军队,冲峡破隘,一路所向披靡、毫无顾忌;到了这里,这支队伍在两岸青山的护卫下,被重新集结整训,领受新的使命,然后兵分两队,各奔前路。眺望远处,江水似乎是白色的,在阳光下闪烁着银色的光芒;缓缓回望,江水又变成了淡绿色,就像春天泛青的田野,满眼纯净。

我走过晃晃悠悠的安澜索桥,盘桓在这片山环水绕的土地上。

远处,一个举着小旗的导游在向游客介绍都江堰工程,便携式扩音设备发出的声音隐约可闻。而此刻的我竟然有些恍惚,思绪飞到了两千多年前的蜀地。我仿佛看到知天文、识地理的新任蜀郡守李冰站在岷江岸边,神情冷峻地望着率性随意、反复无常的江水。出现在他眼前的岷江,在地势陡峻的万山丛中一路蛇形,此时正从峡谷之中迅猛冲出,进入平原时水速却突然减慢,夹带的大量泥沙和岩石随即沉积下来,淤塞了河道。天开始下雨,雨势滂沱,岷江骤涨,洪水肆无忌惮地向两岸泛滥,村庄、农田即刻沦为泽国;而转眼之间,又是烈日曝晒,流断水涸,赤地千里,饿殍遍野。李冰在江边徘徊,久久凝思;慢慢地,他转过身来,环视着苍翠的玉垒山,似乎明白了什么,也似乎下定了决心,眉头渐渐舒展,神情也变得开朗而坚定。

第三辑　大地行吟

此后十八年，李冰父子率领百姓，披霜踏雪，风餐露宿，在前人治理的基础上，建成了都江堰水利工程。从此以后，岷江一改野性，用它童贞般清澈、乳汁般甘甜的水流，灌溉着幅员广袤的巴蜀大地，滋养着稻谷飘香的天府之国。

一个旅游团队走了过来，嘈杂的声音将我的思绪拉回到眼前。我看着石碑上的介绍，"分水鱼嘴""飞沙堰""宝瓶口"，一个个形象化的名字，组成了都江堰的核心工程。这个核心工程建在海拔七百米的岷江弯道上，和海拔四百米的成都平原形成了便于自流灌溉的坡度。岷江水在这里被形似鱼嘴的分水堰一分为二，一支称为外江，顺流而下，一支称为内江，流入开凿玉垒山而成的形似宝瓶口的通道，既可以分洪减灾，又可以灌溉干旱的川西平原。在鱼嘴的尾部、靠着宝瓶口的地方，建有平水槽和溢洪道，当内江水位过高的时候，洪水就经由平水槽漫过飞沙堰流入外江，使得进入宝瓶口的水量得以控制；漫堰的水流产生了游涡，由于离心作用，泥沙甚至是巨石都会被抛过飞沙堰，有效地减少了泥沙在宝瓶口周围的沉积。看着这些设施的功效，不得不对前人的智慧发出由衷的赞叹！而这些工程，全都是凭借地势和水流的自然规律而建造，虽没有现代水利工程的巍然大坝，却历经自然灾害和战火的考验，几千年后还在发挥着作用。后人将此治水经验总结为"乘势利导，因时制宜""遇湾截角,逢正抽心",至今仍被应用。距离都江堰一箭之遥,就是道教发源地青城山。据说余秋雨曾写下"拜水都江堰,问道青城山"的题句,其实李冰就是得道者,这个道就是"道法自然",就是顺应客观规律。由此想来,问道也不必一定要去青城山。

我的视线越过安澜索桥,看到了对面山上为祭祀李冰父子修建的"二王庙"。这座巍峨高耸的庙宇始建于南北朝,历经多次灾难,譬如2008年的大地震,就曾给寺庙造成了严重损毁。但每次灾难过后,当地百姓总是募资重建,从而香火不断。这时,我想起了与都江堰并称为古代四大水利工程的它山堰。这座建于唐代的水利工程,位于我的家乡宁波。我曾在一个雨天去看它山堰,说实话,第一眼有点失望:一条并不宽阔的溪流,一道其貌不扬的石堰。但正是这道石堰,下挡咸潮,避免甬江潮水上溯侵蚀粮田;上蓄溪水,既灌溉鄞西平原千顷农田,又通过南塘河引水供城市使用;台风汛期到来的时候,它还起到泄洪的作用。为纪念它山堰的修建者唐代鄮县县令王元暐,当地百姓建了"它山庙",并在旁边修一小庙,纪念为修堰献身的民工十兄弟。那天,我在水声和雨声的交响中走进它山庙,现场虽然没有看到有人烧香祭拜,但案桌上有明显的供奉痕迹。相对于都江堰,它山堰的名声并不显赫;相对于二王庙，它山庙是寂寞的。但无论是李冰父子还是王元㬂，无论是都江堰还是它山堰，只要为百姓着想，只要为人类造福，都值得我们叩首致敬、铭记在心。

天色向晚，周围渐渐静了下来。我返身走上安澜索桥，再次从高处眺望都江堰。脚下流淌的已经不是两千多年前的江水了，但谁又能说流水无意、岁月无痕？不废江河万古流，都江堰这座江河上的丰碑，将与世长存。江风从远处吹来，带着湿润的水汽，仿佛是这条古老江河散发出的青春气息。随风传送过来的还有江水流动的声音，像管弦弹奏，又像锣钹敲击，似在倾诉，又似在歌咏，一声接着一声，绵延不绝，以至我已经走得很远，那流水的声音仍清晰可闻。

后　记

青春是一首诗。我在年轻时和许多文学青年一样,也有过"诗人梦"和"作家梦"。那时,一首小诗、一篇短文,如果能够变成铅字甚至是油印的文字,都会令我兴奋不已。大学毕业后,我进了党政机关,从事的工作虽然和文字相关,但与文学这个"缪斯"却渐行渐远。

六年前的春天,我从工作岗位退下,人生的步履踩在了新的分界线上。面前的路标似乎有无数个指向,但又只剩下一个硕大的问号——如何度过今后的岁月?这时,一个声音在召唤!这声音来自文学,也来自我的内心。就这样,我与文学再次相逢。

在这几年里,我陆续写下了几十万字的各类文章,从中整理了十余万字,编成了这本散文集。我在构思写作这些篇什的时候,总能听到一个声音在呼唤,催促我将其记录下来。

后 记

这是来自故乡的呼唤。我的家乡桑洲是浙东的一个山中小镇，集子中有多篇文章不厌其烦地对其作了叙写：那蓝绸带般的清溪，那卧龙般的山岗，那高耸绵延的桑洲岭，那饱经沧桑的古道与老街……其实，我真正在桑洲生活的时间并不长，小学六年跟随母亲在外乡辗转，高中毕业就离开了老家。但对故乡的眷恋融化在血液中，携带于基因里，可谓刻骨铭心。当我坐到电脑前按动键盘，家乡风物、故园故人便奔涌而来。《清溪水静静流》《难忘风中那盏灯》《走！到桑洲岭攮车去》，几乎都是一气呵成。而写作《血脉里的眷恋》却又几度踟蹰，思绪沉浸在家族的历史里，想起几百年来族人的延续、分化和在历史大变局中的种种遭遇，心情难以平静。遗憾的是，由于年少时疏于观察，年老了动辄忘事，当然更是因为才情有限，一支秃笔写故乡，难免挂一漏万。还有一些自认为很有书写价值的人与事，却至今不敢动笔，怕的是笔力不逮而糟蹋了好题材。

这是来自岁月的呼唤。在人生的记忆中，少年往事最为鲜明——

"少年，就像春天山野的笋尖、嫩叶和树苗，是日夜生长蓬勃向上的阶段，是骚动不安跃跃欲试的阶段，人生的长卷刚刚展开，一切都充满好奇和未知。

"时代，却像山野的风，东西南北，扭曲着、匡正着，从不同方向塑造着少年。你也许驯服也许挣扎,努力攀缘或者顺势向前,长成大树、青竹甚至茅草、荆棘,但风的痕迹难以磨灭。"

这是几年前我写在系列文章"少年时光"开头的一段文字。人在时代中生活与成长。我们这些在特殊年代度过少年时光和青春岁月的人,在回忆过去的时候,总是感触多重,甚至彼此冲突,我在写作这段经历时也遇到了这样的矛盾。我不歌颂苦难,也不过分渲染可想而知的挫折。我想写的是,一个少年在时代的风雨中如何不甘沉沦,凭着本能向着光亮而行,人生观、价值观又如何在善良的人性影响下,得以确立与完善。《在那高高的冠峰山上》《我的青春跋涉在王爱山岗》《秋天的回访》等直接记录青春往事的文章是这样,即使是《月光遍地的夜晚》《在夜色中歌唱》等看似与我的成长没有直接关系的篇什,从中也可以看到一个小镇少年,在黯淡的日子里精神上的追求。

这些文章并不是常规意义上的回忆录,而是从小学到高考这些年里,对我的成长产生过影响的一些生活事件和生活片段。我觉得这比流水账般写回忆录更有意思。当然,这也许是一种取巧,以避开回忆录这种宏大叙事的写作难度。

这是来自远方的呼唤。在许多人的心目中,"诗与远方"代表着一种理想的生活境界,尤其在新冠疫情将人们

后 记

的活动范围限制在有限空间的这几年,"去远方"成了一种奢侈的向往。幸运的是,在疫情稍微平缓的间歇,我走了一些地方;当然,更多的还是对往昔远行的一种追忆。

行走大地,总会心生感慨。在大自然中,人只是万物之一;但人在其中,创造了生活,也书写着历史。行走大地,我既被大自然的壮美所震撼,更为人类所留下的伟业而惊叹。这类文章,我的本意是避免写成普通游记,力求将对自然的赞美与对人迹的赞叹相融合。

历史上,宁波商帮闯荡四海,因为刻苦勤劳、务实能干、善于经营、诚信守义而声名显赫,在中国近现代商业史上留下了华丽篇章。由于工作的关系,这些年我接触、了解和熟悉了不少生活在外地的宁波企业家和宁波籍人士。在这些宁波乡亲身上,我看到了"宁波帮"精神的继承和发扬,《向着春天的叙事》《山中星光》《寻迹珞珈山》等篇章,就是对"宁波帮"事迹的一种记录。

我的文学实践早年从诗歌起步,而今重拾写作爱好,兴趣更多地转到了散文上。散文是一种古老的文体,也是不断发展着的文体,当今一些优秀的散文作品,打破了原先的"金科玉律",呈现出各异的风采。面对散文领域五彩缤纷的气象,写作者可以也应该有自己的偏好。我喜欢这样的散文:有生活,内容充实,言之有物;有诗意,无论华丽还是淳朴，都能给人以美的享受；有情感，真诚、真切，能够触摸到文字的温度；有思想，作品中蕴含着思考的力量与精神的价值。这是我对散文的认识，也是今后写作的努力方向。

承蒙甬上APP的垂爱，本书的大部分文章得以在"红人堂"栏目陆续推送，获得了良好反响，被认为有线下阅读和出版的价值，并得到宁波出版社的支持，两家联手策划，使拙作有了结集出版的机会。在此深表谢忱。散文集的出版，使我既感欣喜也有不安，唯恐辜负了读者的期望。

写完这篇后记，又到了立春时节。季节轮回，时光流转，我愿常怀青春初心，与文学相伴永远。

王剑波

写于2023年2月